扶贫日记

葛元利 著

天津出版传媒集团

天津人民出版社

图书在版编目(CIP)数据

扶贫日记 / 葛元利著. -- 天津：天津人民出版社，
2021.1(2021.8 加印)
ISBN 978-7-201-17026-8

Ⅰ. ①扶… Ⅱ. ①葛… Ⅲ. ①纪实文学-中国-当代
Ⅳ. ①I25

中国版本图书馆 CIP 数据核字(2020)第 260438 号

扶贫日记
FUPIN RIJI

出　　版	天津人民出版社
出 版 人	刘　庆
地　　址	天津市和平区西康路 35 号康岳大厦
邮政编码	300051
邮购电话	(022)23332469
电子信箱	reader@tjrmcbs.com

责任编辑	王　玙　郑　玥
特约编辑	张可怡
封面设计	高四季　卢炀炀

印　　刷	北京虎彩文化传播有限公司
经　　销	新华书店
开　　本	710 毫米×1000 毫米　1/16
印　　张	13.75
插　　页	2
字　　数	170 千字
版次印次	2021 年 1 月第 1 版　2021 年 8 月第 2 次印刷
定　　价	59.00 元

虽然驻村工作满是艰辛与压力，但是这并不妨碍我乐在其中，看着满脸淳朴笑意的村民、看着抱着我大腿不放的娃之、看着逐步改善的村庄环境……每当此时，心情都会无比舒畅，因为我觉得在这里，看到改变就是看到希望，看到笑脸就是看到未来。

贵州省赫章县古达乡官房村
第一书记　　邓红

扶贫工作既是奉献，也是自我的学习锻炼，在这一过程中，我深刻感受到：一线冲锋与后勤协调配合是打赢脱贫攻坚歼灭战的关键因素；队友的团结协作是打赢脱贫攻坚歼灭战重要法宝；把群众当亲人是战胜贫困最有力的武器。

发科村第一书记：孙国龙

2020年9月8日

前　言

还记得多年前，接受采访，记者问我："你担心过自己有一天会写不出东西来吗？"我没有丝毫犹豫地回答道："当然不，我所写的都是我的生活，生活不会消失，我的灵感就不会枯竭。"少年的骄傲像是来自宇宙星辰，就是这么纯粹、简单。但是我没有想到，后来我却越来越不敢动笔——我开始审视生活，矫正情感。那些华美的文字、那些自我与他人的情感纠葛、那些我独自编造的所谓生活童话，变得越来越飘渺，它们的根系一点一点浮出地表，慢慢脱离泥土的滋养，我愈发觉得这一切似乎都将失去意义。我的内心深处始终有一个声音在呐喊：去聆听大地的声音吧！让鞋底沾满泥土才能感受大地的厚重，那才是生活的力量，那才是一个人心灵的本质。

可是我应该以怎样的姿态与身份去回归大地、亲近泥土？是祈求灵魂的救赎者、落魄归乡的游子，抑或心存信仰的朝圣者？不，这些都不对！正当我纠结矛盾时，领导找到我，告诉我公司正在扶贫，让我多与驻村干部联系沟通，不忙时可去扶贫点做调研，争取写出一部《扶贫日记》。什么是"蓦然回首，那人却在灯火阑珊处"，此时方才真切地领悟明白。面对宽厚广博的大地,我不需要有任何姿态,不需要有任何身份,只要用真实的自己去感受大地的脉搏,泥土自会告诉我所有困惑的答案。

但我也警醒地知道,与那片素未谋面的土地接触,不能陷入自我的图圄,肩有重担,行稳致远。我开始查阅大量有关扶贫工作的文献资料,我一边查阅,一边想到自己生长的小镇,那个当我遇到困难第一时间想起的小镇,那个有着青山绿水、有着淳朴民风、有着真挚情感但却贫穷落后的小镇,也想起前些年它在城镇化建设过程中的尘土飞扬,想起它在塔吊、在推土机轰鸣中的沉默,想起它腹中瓦砾碎片与大树一起倒在路边的破败,想起小镇居民面对这一景象时眼神中复杂的情感,期待、欣喜、不舍、遗憾、悲伤……到底哪一种才是他们最真实的情感?忽然想起大学期间我曾带着相机记录过这一场景,包括这一场景下的小镇居民,于是我翻阅电脑文件夹找出当时的照片,却发现照片中已然找不出任何答案线索。闭上眼睛极力回想这两年回到家乡的所见,但脑海中浮现的,全然是我儿时的模样,这才倏然发现,在这个追求速度的时代,在这个讲求发展的年代,我与我亲爱的故乡、我深爱的故乡,已然走散、走失。我的故乡已经不再是我的故乡,此刻,她正以另一副模样成为正在那里生活、成长的孩童的故乡。

所以对于领导交办的工作,希望在努力完成好任务之余,我能够从这个贫困山区的发展变革中找到自己关于自我、关于家乡发展的答案与困惑。与此同时,我也真正开始思考扶贫工作,并试图以与新时代最为紧密的"90后"的身份,用正在成长进步的青年的视角,去客观、辩证地看待扶贫工作,因为一路走来的历史中,所有的变革发展,从来都是欢歌笑语与悲怆苦痛交叠在一起的。我们不能否认每一个生命个体的呼唤、呐喊,更不能忽略过往的荣耀与教训,当我们看到当下与过去的差别时,也应思考其与未来的联系以及发展走向。所以在调研访谈、分析审视之前,我首先为自己确定了一个目标：希望自己能够从公司的扶贫工作中探寻新时代背景下贫困山村在经济、文化上的变革与发展，并能够从中透视乡村社会变迁会对村民情感样态、思想观念以及生活日常带来哪些影响，然后以温良的笔触解构以公司为原点的新时代扶贫工作，记录其间的变与不变，察情探道，静水流深。

当然，目标永远是宏伟的，这才让追求变得有价值。但我向来知道自己是一个什么样的人，所以在入村之前，我不断提醒自己，不要带有某种先验，不能陷入某种偏见，要极力做一个怀疑者，用自己的眼睛、脚步、知识和思维去亲历、感受扶贫工作以及其所带来的影响。我害怕自己的刻板印象扭曲事实，更害怕这种刻板印象让我脱离大地以及在这片大地上认真而努力生活的村民。

就这样，带着这些思考、困惑、警醒以及个人情感的缠斗，从 2019 年到 2020 年间，我与同事先后多次入村调研，在北京公司办公期间每周我至少会与公司派驻到村的扶贫干部通一次话，可以说我直接或间接地参与、见证了贫困山村的发展，看见了它在破败中的挣扎，也了解到了它是如何在政策的号召下、在公司与扶贫干部的助力下不断更新、重组。在入村调研期间，除去正式访谈，我每天和村干部一起吃饭、工作、睡觉，从他们真实的生活场景中挖掘扶贫工作的艰辛与困难，也和村里的成年村民聊天、与孩子玩耍，从他们那里感受扶贫工作的意义与影响，同时，他们也让我更加熟悉这个陌生山区的风俗、信仰以及生活日常。随着不断熟悉、不断深入，我愈发觉得扶贫工作的时代图景逐渐清晰起来，它的轮廓开始变得清楚明朗，它的纹理逐渐在我的视角中延展开来。目之所及是山村的草木人间，双脚所踏是山间的风土人情，这不禁让我感叹，这个被大山所环抱的村庄，虽然对于现代文明而言它是落后的，但是它却拥有那么充沛的情感、那么深厚的力量，它正用最古朴的方式展现着慢慢消逝的大智慧。若是用整体性的眼光看待它，它是散乱的个体，若是单独审视其中某一个体，又会发现他的某个特质定会与整个村庄，或者更确切地说是整座大山羁绊牵连。我感叹、惊叹、赞叹这样的生存方式，因为这样的生活方式，包括充沛的情感、深厚的力量与古朴的大智慧，是来自他们生活的天与地，是代际传承下来的独属于这座山村的文化特质。

所以转过一圈，仿佛又回到最初的思考之中，一切又都归于虚无，但其实并不尽然。起码由此可见，在扶贫的工作中，是需要思考、衡量的，并非全盘否定、更新。一些具有民族气质的传统，在大城市里已经消亡殆尽，需要山村这样安谧宁静的庇护，需要扶贫工作者去寻找城市与乡村两种文明之间的内在逻辑，同时，还要拥有文化大局的视角，仔细辨别优劣，而这也在一定程度上增加了扶贫工作的难度。好在这些问题与困难，在我所能看到的视野范围内，公司派驻的两位扶贫第一书记给出了解决办法，交出了一份令人满意的答卷。

最后，还想说《扶贫日记》不似常规日记，但却是官房、发科两个贫困村的脱贫日记，变化的点滴记录在册，承载了两个贫困山村一小段但却极其重要的发展历史。当然，它不能全面反映一个时代、甚至一个山村向前迈进的步伐与方向，但却可以看见时代之下、山村之中一群人的奋斗、抗争与拼搏，我想，这应是生活在新时代的人们精神品格中不可或缺的一部分。

目录

第一章

沉默的惊诧

当我的双脚真正踏在这片贫瘠的土地之上时，接下来我将怎样面对真实的村庄，又该怎么真实客观地记录脱贫攻坚的步伐，其实都已不重要了。

因为历史在身后，而真实永远在前面，诚实记录其间缓缓流淌着的岁月痕迹，就已经是对万物最客观公正的书写了。

包括这座在脱贫路上奔跑行进着的村庄。

2019年11月25日　初到扶贫村

在路上

北京冬季的凛冽已经初见端倪,连续多日最低气温在摄氏零度以下。清晨6点,呼吸着初冬清冷的雾气,乘坐出租车赶往刚刚通航不足两个月的北京大兴国际机场,准备飞往拥有"苗岭侗乡"之誉的贵州——去公司定点扶贫村"官房村"与"发科村"做调研。此刻,我内心所充盈的期待与忐忑已将早起的慵懒倦意驱散得无影无踪。

北京的出租车司机都是热心肠,也是见多识广又率性的"老炮儿",许是透过后视镜看出了坐在后座的我的不安,于是操着地道的京腔问我:"小伙子这么早干什么去啊?"

我不知如何回答。平日里都是在公司听同事讲述公司扶贫的事情,借他人之口慰藉自我悲天悯人的微漠情怀——既感叹扶贫村村民的穷困境遇和公司扶贫书记的艰辛不易,也赞叹公司身为央企能够如此踏实认真履行社会责任以及领导的实干与爱心。但是又觉得这样的悲天悯人不过是外部供给的"想象情怀",这样的"想象情怀"像极了一只刚刚破壳而出饥肠辘辘的雏鸟,只需要张大嘴巴等待投喂就可以果腹。没有真正看见过、触碰过、感受过,就会缺乏独立的思考,甚至在不经意间,也会忽视事实的真相。所以我从未想过有一天我要给一个陌生人讲述公司扶贫的故事,或者说还没有准备好,于是只好不痛不痒地答复司机师傅:"我去贵州出差。"声音极小,像是喃喃自语的咕哝。

我捕捉到了司机师傅一闪而过的异样表情,我心里明白他可能有话要说,我若是表现得积极主动些,或许我们将会有很长一段对话,甚至更有可能挖掘出一个"司机师傅与贵州"的故事。但是我还不想也没有准备好与别人分享公司扶贫的故事,所以新闻专业所培养出来的那点对真实客观探索的精神极为拧巴又倔强地告诉我——转头、看窗外。就这样,我在无声中拒绝了与司机师傅的沟通。

北京清晨的大街有一种安静的喧嚣。环卫工人打扫完毕,把干活的家伙什儿摆放规整,蹬着小三轮车准备收工回家;临时搭建的鸡蛋灌饼小摊在不显眼的角落安静开张,等待着上班族按时"打卡";有门面的早餐部门前,大油锅里的油条哗哗啦啦地逐渐"茁壮"成型;还有每天都早起买最新鲜蔬菜的白发老人,谈笑声被身后拖着的老年购物车碾碎了一地,铺开了一天的好心情……这些寻常的人间烟火在车窗外一闪而过,短暂且真实,以一种既安静又喧嚣的姿态拉开了北京繁华一天的序幕。

眼前的这般光景正是北京,没错!

但心中的矛盾又在此刻倏忽升腾——白天车水马龙熙熙攘攘的街道是北京,没错!夜间灯火通明,或火树银花或温馨安宁的也是北京,没错!此时方才清醒地意识到,原来真实是流动的,每时每刻发生的都是真实,但每时每刻的真实却并不一样。对待真实,心怀一片敬畏,已是最大诚意。

这才明白，自己关于公司扶贫故事的所有"不想"和"未准备好"不过是时空范畴中的一个盲区，略过"盲区"，谁又能说它不是我此刻的真实呢？于是赶紧收起对刚才话题的抵触情绪，转过头佯装轻松地问司机师傅："您去过贵州吗？"

司机师傅抬眼透过后视镜瞄了我一眼，说："我媳妇就是贵州的，差不多每年都得陪媳妇回去个一两回……我媳妇家在那边的一个农村，哎，那边是真的穷。"大概是觉得自己有点自说自话倾吐太多，最后略带羞赧而轻声回问我："你这出差肯定是去城里吧？贵州的城里还是很好的，就是偏远的山区得不到建设比较落后。"

我笑着坦然答道："还真不是，我就是去偏远的山村，我们公司履行国家政治任务，在贵州的偏远山村扶贫，我这次去就是去做调研，看看贫困山村经扶贫后的现状，采访一下我们公司派出的两位驻村扶贫第一书记。"

听我说完，没想到司机师傅赶紧接过话来，说："这个我知道，十八大的时候习主席就说要脱贫攻坚，2020年全面建成小康社会，这都2019年了，马上快了啊！"他的言语里盛满了兴奋。

看到师傅对这一话题表现得兴致十足，于是我有些刻意地多问了一句："那您怎么看呢？"

司机师傅倒也不客气，很爽快地说："我觉得问题不大，现在中国GDP这么牛，超过老美都是早晚的事儿。不过这个脱贫攻坚感觉对我们影响不大，主要都在偏远山区那了，像我们已经算是小康的生活了就不会有什么太大的感觉，不过要是共产党能把这个事儿解决了，那是真的牛！"说话间司机师傅趁着等红灯的机会，回过头，冲我竖了个大拇指。这是上车半个多小时的时间里我们第一次正面对视，脱离后视镜的折射，他真实的面容、说话的腔调与语言的结构方式，细致品味，才觉更有意思，更有味道。其实很多时候,人与人之间的交往都隔了一层微漠,这微漠是来自相互刻意的防守,也来自双方不经意间的进攻,微漠很薄,但也冰凉,让我们失去了感受彼此温度的机会。司机师傅的转头,打破了我们之间的微漠。

同时,刚才的对话,也让我想了窦文涛曾在《锵锵三人行》中说的一句话,他说"全世界的出租车司机都是政治家"。这一次,我切身感受到了!

微漠破除,我的话匣子也被打开了,开始跟司机师傅讲述在同事那里看到的扶贫村照片,有光着脚丫和屁股满街乱跑的小孩,有在眼看就要倒塌的房屋下佝偻着的老人,有看上去像在路边睡着实际上是醉倒在路边的年轻人……形形色色,把照片里呈现的真实逐一讲给司机师傅,司机一边开车一边聆听,不时还向我的方向侧侧耳朵挪挪屁股,以便听得更加真切。我虽仍跟司机师傅不减分毫地讲述,但心里也在隐隐地恐惧,毕竟是在开车,他这样多危险!

后来我把这件事调侃般地说给同事,同事说是我讲得太生动,但我觉得应该更是因为真实。真实的世界都是两面的,像司机师傅这样的大多数,只看到了一面的世界,却对另一面的世界浑然不知或知之甚少,当另一面的世界被真实客观地展现在眼前时,本就足够令人聚焦、惊叹了。

最后,司机师傅感慨地说:"我以为我媳妇她们那已经够穷的了,没想到还有更穷的地方,真是难以置信!"随即又问我:"你说的都是真的吧?"

我没说话,只是默默地点头。

透过后视镜,我看到司机师傅龇牙咧嘴啧啧地摇头,嘴里还喃喃自语道:"还真有这样的地方啊,哎,都啥时候了……"

其实啥时候真的重要吗?我觉得并不重要!

重要的是无论何时我们都知道在我们之外仍有两群人,一群人狠狠地把我们甩在后面,一群人被我们狠狠地甩在后面,所以当我们不失方向努力追逐的时候记得回头看看,让勇毅的前行也有善良的温柔。

我看看表,已经快七点半了,九点一刻的飞机,怎么着也要八点到机场,心里隐隐约约开始有些担心。要不怎么说这个司机师傅是"老炮儿"呢,见我看表,就问我几点的飞机,告诉他准确的时间,他看了眼导航说:"别着急,时间应该是正好的,放心吧,你是帮国家办大事去了,保证不能耽误你的正事!"说着,我的身子被一股力量向靠背拉了一下——明显感觉到了车子加速,没一会儿就驶上了高速公路。

八点十分,顺利抵达大兴国际机场,果然时间刚刚好!

在等候安检的时候我与其他一同前往的伙伴约定好汇合地点。一切妥当,准备就绪,心中暗暗欣喜地呼喊着:扶贫村,我来啦!

抵达目的地

去扶贫村调研,公司派出的是我和另一位女同事。考虑到我们两个年轻人刚工作不久,再加上调研任务的重要性以及工作量之大,领导特意请来三位央视导演一同前往。

我们一行五人,在排队登机的时候互相打个照面,便彼此沉默登机,找寻散落在偌大机舱不同位置的座位,再无他言。

城市里特有的淡漠的疏离感缓缓在云间穿行。

三个小时的航程,飞机顺利抵达毕节机场。公司派驻在扶贫村的第一书记邓红早已带着四位村干部在接机大厅等候接机,看到我出来,跟着邓红前来迎接的四个村干部迅速围了上来,寒暄介绍,关切问候。面对久违的热情,我虽有些不知所措,但内心是温暖的。女同事和三位央视导演陆续出来,同样的热情、同样的寒暄再次上演。

扶贫日记

飞机落地是十二点二十分左右，刚好午餐时间，邓红和村干部开车带我们去市里吃饭，也算是接风洗尘。刚一进餐馆，我们就险些被浓郁的酸辣味呛个跟头，邓红赶紧解释："咱们今天吃酸辣鱼火锅，这也是毕节这里出名的菜，有特色得很呢！现在比较冷，多吃点辣子驱驱寒。"

央视导演见多识广，人情也练达，赶紧接过话茬儿："是是是，刚来这边气候还不太适应，确实感觉有点冷，这里的冷和北京的冷还不太一样，是得吃点火锅热乎热乎啊。"

我看看邓红，又看看其他村干部，除了微笑也不知该说些什么、做些什么。但不得不承认的是，虽然我也觉得这味道有点呛，但平日里我就是无辣不欢的，内心也在暗自期待着这特色佳肴。

我这人有个习惯，无论走到哪里都喜欢了解一下当地的地形地貌，所以趁大家忙着餐前寒暄的时候，在一旁偷偷查了一下毕节市的地理信息。百科资料说毕节市位于贵州省的西北部，属于北亚热带季风湿润气候，高原盆地等地形不一而足，同时此地海拔相对高差大，垂直气候变化明显……看到此处心中豁然开朗，难怪刚才从机场到饭馆，一路上上下下左拐右拐的，就连市中心的路也是一段上坡一段下坡，面对这样的路况，除了充满新奇也会有一丝恐惧——来毕节前一个月刚刚把驾驶证考下来，在北京驾校平坦顺畅的大路，我这车本一考就是两年半，从学生仔考到社会人——不知为何，对这种疾行的交通工具竟有一种天然的恐惧感。

随着邓红张罗着吃饭，神游的思绪被拉回餐桌，服务员早已把菜上好，眼前的鸳鸯锅咕嘟咕嘟沸腾地翻滚着鱼肉，不一会儿鱼肉的鲜味就搅拌着辣味飘香满屋，白嫩的鱼肉蘸上自行调制的特色蘸料，入口一瞬，鲜、香、辣、酸齐齐挑逗味蕾，让人欲罢不能。火锅周边一小碟一小碟的辅菜也各具特色，但无一例外，都以辣味、咸味为主，虽然口味很重，但吃起来也是爽快,没吃几口便开始从鼻尖和额头冒出汗珠来。

席间,邓红一直劝我们多吃,一定要吃好,还有些半恐吓半打预防针似的说:"之后到村里可就没有这么好吃的东西啦!天天就是土豆红薯大白菜,再想吃这可都没有的哈!"

我一边点头偷笑,一边接过邓红夹过来的鱼肉,埋头欣然吃下。最后整桌菜,除了"折耳根"是真的无福消受,其他菜都很合胃口,都吃得很不错,默默在心里为自己的胃点个赞!更为贵州的菜点赞!

餐毕,一行十人分成两车回村。

车越开楼越矮,车越开人越少,直到开到了高速公路,除了偶尔闪过的车辆,再也不见其他城市景象。向车窗外望去,看见远处的一座高山从山尖到山脚之间竟然呈现了不同的山体颜色。山尖直插进缭绕的云雾,若隐若现,看不清真实的模样,但是顺着云雾而视,也可猜想到山尖应该是光秃秃的,或是和这云雾下方到山腰的山体颜色一样,有的是草木泛黄了的颜色,有的是山石原本的青黛色;而从山腰往下则呈现一片苍翠,但这苍翠也不尽相同,从山腰到山脚下,绿色逐渐从深到浅,从稀疏到繁密,很是神奇,远远望去,整座山像是穿上了一件渐变色的琉璃裙。突然想到了刚才的百科资料——海拔相对高差大,垂直气候变化明显。但是我没有想到垂直气候变化会明显到如此地步,简直就是大自然的鬼斧神工。

开车的村干部看我呆呆地望着窗外的远山说:"元利,你要是五六月份来,这边更好看,漫山遍野都是花,啥子颜色的都有呢,漂亮得很!"

我惊叹地回道:"是吗,等到那个时候我一定要再来做一次调研,到时候谢主席您要带我来看哦!"我一边尽量表现着交际上的玲珑,一边大脑快速回顾在机场时邓红的介绍——谢主席,之前是赫章县城关镇的人大主席,2018年到贫困村担任驻村扶贫第一书记,2019年中,邓红受省政府和

扶贫日记

公司的委派,前来接任谢主席的驻村扶贫第一书记之职,2019年底,谢主席被提到乡政府任职,但仍然在扶贫村担任脱贫攻坚工作队队长一职,人不离村。

谢主席哈哈笑着,口头答应着没问题。

再次把头转向窗外,看着远山,想象着春暖花开时节,在这琉璃裙摆上再绣几朵各色娇艳的鲜花,定会是别番美景。

其实我对花草树木没有格外的喜欢,最多在烦闷苦恼时看上两眼,觉得赏心悦目而已。但是作为地道的北方人,没见过这么连绵且挺拔俊秀的群山。这些山,单独拿出来,是独立的一座山峰,可攀可爬可心旷神怡,现在不加修饰不刻意死板地将它们随意排列,有机组成连绵群山,没有一座山突兀不合群,彼此掩映交辉却又各有特色,太过奇妙,这才忍不住想多看两眼。

车子继续急速前行着,渐渐地,群山越来越近,也变得越来越高,谢主席告诉我要下高速进入盘山路段了。我继续看向远方,感觉一切都还好,只是景色不比刚才壮观,但是当我趴在车窗向下看的时候,被眼前的景象吓得不禁后背发凉——车胎就从山路的边缘压过,而且没有防护栏!稍稍向外侧偏移几公分就有压空坠落的可能,越是补脑越是觉得画面恐怖,赶紧向车内侧方向挪了挪。

坐在我旁边的是乡里派下来的驻村扶贫干部,担任扶贫村脱贫攻坚工作队副队长。因他以前当过老师,所以大家都叫他袁老师。袁老师看到我的反应,一边笑一边安抚我说:"谢主席的车技好着呢!村干部去乡里县里开会这是必经之路,大家开车走了几十、几百次了,你就不要害怕了啊!"

从袁老师那边的车窗向外看去,土黄的山体、青翠的树木、青黛的岩石轮番一闪而过,偶尔一些地方还有铁丝网的包裹,于是我便向袁老师发问:

"这边滑坡、泥石流多吗？我看新闻像这样的地方经常会有滑坡、泥石流、塌方这样的自然灾害。"

袁老师笑着说："有的呀，之前雨季的时候经常会有，不过现在做了防护，就少多了。"

"您说的防护就是包裹山体的那些铁丝网吗？真的管用吗？"

"对的，就是那些铁丝网，多少还是管用的，只要不发生大型的灾害，一般的碎石滚落都还是管用的。"

在与袁老师的问答间，又有一段被铁丝网禁锢着的山体一闪而过。看着急速后退的铁丝网、岩石还有一簇又一簇的草木，我的内心充满质疑，在城市，钢筋水泥已经把人围困，而在乡村，人们却试图用铁网围困山川树木，两者的共性都是保护人类自己，只不过前者是人类对人类的征服，而后者，却是人类对大自然发起的出征号角。

正在思考，开车的谢主席突然喊我："元利你看，这条路是备战道，附近的十里八村都知道，当时国民党修的，坦克曾经就在这上面轰隆隆压过，这么多年过去了，现在保存得还不错呢！走过这条备战道，拐下去就到我们村了。"谢主席说这话的时候，仿佛如数家珍，不掩骄傲地向一个外来者展示着村子的特色。当时我真的被谢主席的表情和语气给蒙住了，以为这是属于小村的一带窄窄的"历史衣襟"。后来随着调研的深入与材料的收集，才了解到，那条备战道不属于哪个村，它和所有的马路一样，沉默地伏在土地之上，供人往来。只不过距离官房村稍微近了一点，往里面去的村子，也都是要经过那条备战道的。

尽管这样，村民和谢主席一样，在说到这条备战道的时候，脸上都会不加掩饰地浮现出骄傲的表情，即使他们与备战道之间的关系只不过是近水楼台。

但备战道对于村子、村民来说,即便近水楼台,也不过是镜花水月。如果认真问下去,细细挖下去——当时为什么会修建这样一条路?谁修的?当时修建的目的是什么?战争期间备战道参与了什么战争?后来经过几次怎样的维修才能保持现在这个样子……几乎所有人的表情都会变得迷离、茫然,因为大家并不知道。但村里的人却难得一致地认同一个模糊的概念——他们的历史是值得骄傲的!历史真相如何并不重要,重要的是它让人觉得自豪,慢慢地,历史和自豪感开始画上了等号。

后来,我专门上网查过备战道相关资料,无从考证。

这样一条不起眼的备战道,在安静的贫困山区里,在中国喧嚣的交通建设中,成了"黑户"一样的存在,也许若干年之后,它的历史就真的全部只剩下村民口中的描述——"从这条备战道拐下去不远就是我们村了"。这才发现,原来历史的流变,竟是在这喧嚣之下的安静无声。

谢主席慢慢地开着车,带着几分"惜别"的味道拐下了备战道,随后又围着两座山"盘旋"了十几分钟的模样,这才抵达本次调研的目的地——官房村。

我见

官房村的历史是匮乏的,也是苍白的。邓红告诉我:这里没出过名人,没出过官员,连村名都显得随意。有关官房村的过去,没有史料文献的记载,也没有典籍古书的记录,就像来时路过的那条"备战道"一样——所有有关村子的历史,全部都依赖一辈又一辈人的口口相传,而有关官房村建村故事也没有确切的时间,只是一个太过寻常的描述——很久以前。

在很久以前,官房村有个曾用名,叫作小发科村。整个村子极其贫穷,全村都住在茅草房里，连一间土房都没有，但是突然有一天不知从哪里来了一个大地主，在当时村子最好的位置盖了一间砖瓦房，没有人知道有钱的大地主从哪里来，经历过什么，又要在这里留居多久，而那间让人羡慕不已的砖瓦房像是一夜之间拔地而起，因为之前并没有村民注意到有人在这里动工盖房子。小村子里静悄悄地出现了有钱的人、气派的房，这件事很快传遍附近的十里八乡，大家对房子主人的来历众说纷纭，小发科村因此也成了附近村落饭后茶余谈论的焦点。尽管当时流传的版本众多，但后来大家公认的最为合理的说法是砖瓦房的主人在官场失意后来乡下隐居。慢慢地，这座砖瓦房成为小村子的标志性建筑，又因为大家都认可房主之前是做官的说法，于是就把这座砖瓦房称为官房。故事就这么一辈讲给一辈听，只是故事里小发科村这个名字出现的次数越来越少，取而代之的是官房村，于是，官房村这个新名字渐渐被大家所熟知，一直延续至今，并且得到了官方的认可。

但是当我真正进入官房村，我才发现：这个贫穷的小山村，不只有名字具有随意性，村子所处的环境本身就弥漫着"随意"的感觉。村子里的房子很随意，高的、矮的、新的、旧的，完全没有秩序地挤在一起，甚至连房子的朝向都没有规律；村里的村民很随意，妇女在路边打得孩子哇哇哭、放牛翁任凭牛儿在马路上倾泻粪便而熟视无睹、修房顶的瓦匠挥舞着手中的工具制造着小型"沙尘暴"、鼻涕流到嘴边用袖子一抹或用舌头一舔鼻子一抽的小孩……不仅如此，还有随处可见的坟包、满街狂奔的散养狗、咯咯咯带着小鸡崽横穿马路的母鸡……梁鸿曾说，一个村庄就是一个生命体，而眼前的这个"生命体"因为太过"随意"，也充满了生命的张力与野性。

汽车从这些活跃的"细胞组织"中穿行，很快抵达村委会。村委会是一座三层小楼，一路过来，看多了破旧的民房，一看到眼前的三层小楼，情不自禁地赞叹村委会小楼的干净漂亮,但邓红却告诉我她没来之前,村委会也是非常破旧的,这是公司出钱做了维修才显得有模有样,用公司董事长田总的话说就是:"村委会作为村子的主心骨,必须得有个模样!如果连主心骨自己都破破烂烂的,又有哪个村民会相信你能带他们脱贫呢?先把村委会的贫扶了,让大家看到真实的变化,信任你、依赖你,以后才好开展工作。"

上楼放好东西,邓红带着我们熟悉村委会周边。一圈走下来,我发现了一件有趣的事,在村委会宣传栏村干部布告中,排在第一位的是邓红,往下四个依次是去接我们的驻村干部,而再往下竟然是清一色的李姓人士。之前我参与过乡村城镇化建设和口述历史项目,跑过不少村镇,知道有些村镇是以姓氏同宗而聚合在一起的,于是偷偷问邓红这个村是不是李姓人口聚集村,邓红却说不是,但村干部布告板块的那几个人确实都是亲戚关系。

邓红没再多说,我心领神会。

费孝通在《乡土中国》中所提及的乡村"差序格局"可以很好地解释这一点。他认为乡村的社会结构是一种"差序格局",以"己"为中心和别人建立联系,大家不是在一个平面上,而是像水的波纹一样,一圈圈推出去,愈推愈远,也愈推愈薄。因此,在一个村庄里面,总有一个姓氏能够通过各个层面的亲属关系推出较大的势力空间……

因此,在官房村,毫无疑问,李姓的那一家就是这样的存在。

但令我好奇的是为什么之前走访村镇的时候没有这样的发现呢?我百思不得其解!但是当我独自站在村委会最顶层的小露台眺望整个村庄的时候,我似乎得到了答案——这里才是地地道道的村庄!站在高处,除了蓝天白云青山绿水,什么也没有,而之前走访的村镇,站在平地都能望见远处若隐若现的高楼大厦,而且更重要的是,宣传栏里除了布告的文件,没有任何干部信息介绍。在大山深处的村子,这样的乡村社会关系是自然的、正常的政治关系,大大方方、坦坦荡荡,大家心知肚明,可以说这是乡村文化的一部分。

　　我静静地站在露台之上,看着脚下在村委会大院正中间晒太阳的花狗,看着不远处田间孤独的坟包,看着远山安静地怀抱着村庄,看着白云在蓝天之下静静流动,闭上眼睛,仿佛真的能够感受到这个贫困山村旺盛的生命力,仿佛真的能够触碰到它真实的脉搏。

　　之前同事问我,想好要怎么去写了吗?我摇头。但是现在一切似乎又都有了答案。

　　海登·怀特在讨论历史时,已经明确提出历史事实的虚构性。而在我面对这样一个复杂的贫困村庄之前,其实早已经虚构了无数种自我的先验意识形态,但当我的双脚真正踏在这片贫瘠的土地之上时,接下来我将怎样面对真实的村庄,又该怎么真实客观地记录脱贫攻坚的步伐,其实都已不重要了。

　　因为历史在身后,而真实永远在前面,诚实记录其间缓缓流淌着的岁月痕迹,就已经是对万物最客观公正的书写了。

　　包括这座在脱贫路上奔跑行进着的村庄。

2019 年 11 月 30 日　新官上任

　　今天采访孙国龙，他给我讲了一件有意思的事情。他告诉我自己刚来村子的时候，想要融入十分不易，因为村子的"人情社会"太复杂了。

　　费孝通先生曾提到过，中国乡土社会的基层结构是一个由"一根根私人联系所构成的网络"。在这个网络中，大家从己向外推而构成的社会范围是一根根私人联系，每根绳子被一种道德要素维持着。社会范围是从"己"推出去的，而推的过程中有各种路线，路线交织交错，才形成了乡土社会中独特且繁杂的关系网。在这网络的每一个结上都附着一种道德要素，因此传统的道德里不另找出一个笼统性的道德观念来，所有的价值标准也不能超脱于差序的人伦而存在了。

　　费孝通先生从学术理论的角度将农村的社会状态加以总结，精准且形象。倘若通俗一点，用孙国龙的话来说，要想把乡村工作做好做到位，那就得懂村里的"人情世故"。孙国龙所说的"人情世故"实际上就是费孝通先生所指的"一根根私人联系"，这样的"一根根私人联系"，这样的"一家家人情世故"，在繁乱又有序的交织交融后，形成了费孝通先生笔下的"差序格局"，当然，也是我们平日所指的"人情社会"。

没错，农村作为一个封闭、传统的社会空间，在经济与地缘的禁锢下，在其有限的活动空间中，人与人之间的活动完全依赖彼此微漠的情感供养，这样的情感供养在一代又一代的延续与传承中慢慢扎根、慢慢稳固，最终形成了农村所独有的交流沟通方式。这样的方式仿佛是一件被打上烙印的私有品，不仅外来的人不懂不会也不可能融入，就连不同的村庄，哪怕是相邻的村庄，也会被这样的沟通方式划分得泾渭分明。

因此，我想说的是，对于一个"外来者"而言，不管你以何种方式来到村子，受到排挤、遭到非议都是在所难免的，这种"在所难免"并非江湖社会所谓的人心险恶，相反，却是当地村民对所在故居社会秩序与道德体系的一种维护，也是对本村所形成的稳定的"生态"环境的一种保护。

对于"外来者"而言，这样的一种保护是强劲的，但也是脆弱的。强劲在于它的宿主是在村庄生活了一辈子的人，只要他们站在村庄这片土地上，脚下连着的就是村民们赖以生存的无边无尽的土壤与山川，头上顶着的永远都是村庄昼夜转换的日月星辰，他们活成了这个村庄的天与地，他们就是这个村庄看不见的脊梁，也是费孝通先生笔下那个"网络"的中心结点。这样的人，他们抱守着一辈辈传下来的规矩与习惯，常坐在村口微眯双眼，仿佛在检视着别人看不见的村庄网络，看看是否有漏洞，看看是否有破损，以便在需要之时及时进行修补。

由于村庄的文化历史传承、人员宗亲结构以及经济发展状况等因素的不同，也使这样的人有着不同的形态——有的村庄就像一个孤独的人，彰显着一份孤独且坚韧的力量；有的村庄则是那么一群人的联合体，看起来团结而强悍，往往也代表了村子的氛围气候；而有的村庄则是穷极一整个村庄的力量来维系着村内关系网络的完整与正常运作，这样的力量浑厚有力,有一种不可抗拒感,但也正因如此,整个村庄内部体系的运行也常常也会显得缓慢呆板,甚至在某些时刻是滞后停顿的。

所以说,村庄抑或村民这样的"自我保护"是强劲的,也是脆弱的。对于像邓红、孙国龙这样的"外来者",来到村里的第一件事就是要打破他们的这种"自我保护",以便更好地融入、更好地开展工作,用孙国龙的话讲,这叫"破阵"。

所谓"破阵",与过去所说的"新官上任三把火"有着异曲同工之妙——都是为了在一个新的位置或环境下确立自己稳固的根基与地位。但邓红、孙国龙不能有"三把火",有火也要自行熄灭,他们要做的是服众,以德以理,实实在在,不然日后的工作开展起来就会受到"网"的层层阻碍。

孙国龙告诉我,其实像他们这种下派的驻村扶贫第一书记,在一开始推行的时候,村里人还是比较信服、忌惮的,毕竟是上面派下来的。但是因为有的扶贫干部虎头蛇尾,让百姓失望,伤了老百姓的心,从而失去了村民的信任。当然,有的村民也发现,驻村扶贫的干部两年、三年一轮换,走了就走了,基本就再也见不到面了,所以慢慢也就不再忌惮了,不仅不配合工作,有的甚至还敢公开与驻村扶贫第一书记对着干。

所以对孙国龙也一样,但他必须改变这种现状,因此他到村里做的第一件事,一定要深入人心,这样才能"破阵",才能得到村民的拥护,唯有如此才能在今后的扶贫道路上顺利开展工作,得到村民的配合与帮助。

孙国龙告诉我,他所破的阵是一个历史遗留问题,问题不大不小,却需要格外地悉心。

就在孙国龙驻村的第二天,他接到警察的电话,说在临县交界地带的树林中发现一具尸体,怀疑是两年前村里报案走失的老人。刚刚来到发科村的孙国龙一时没了头绪,在短暂的慌乱之后,孙国龙理清思路,向警方详细询问了一些基本情况,并一一记录下来。挂了电话,孙国龙找到当地的村干部求证此事的真伪,村干部表示确有此事,不过建议孙国龙不要管,毕竟两年多过去了,即便最后解决了问题也没有任何意义。村干部的态度燃起了孙国龙心中的怒火,但是此时解决问题更重要。于是孙国龙向村干部了解了事情的详细情况,并让村干部带他去找之前报案的村民。

村干部带孙国龙来到之前报案的村民家,家中只有一个女人带着三个孩子,孙国龙先向女人求证事实,女人告诉孙国龙,自己的公公在两年前失踪了,一直没有找到,两年过去了,家人都已经放弃了。女人在讲述的过程中,语气很平淡,没有任何感情,仿佛在八卦着别人家的家长里短。不!八卦还有着探秘的兴奋,而孙国龙眼前的女人完全是一脸漠然。

孙国龙又想到刚才村干部的话,心里有些打鼓,但却依然坚定着不肯放弃,他问女人:"如果老人出走,大概会去哪里?"

女人说:"我们一直在这个村里,哪里都没去过,公公不可能去别的地方。"

孙国龙想起警方提供的消息,试探地引导着问道:"别的村、县有没有老人认识的人呢?"

女人沉默了一下,猛然抬头,眼中充满了不可思议,这是孙国龙第一次见到女人有情绪的变化,他知道,有戏了!女人说:"之前公公说在隔壁县有个远房亲戚,有机会他想去转转的,公公也是随口一说,我们就都没有往心里去,而且咱们这儿交通这么不方便,怎么会有机会去呢?"

女人所说的隔壁县,与警方所提供的方向位置是一致的。孙国龙心中盘算着,觉得这事大概是吻合的,又见女人并没有什么悲伤的情绪,就把从警方了解到的情况告诉了女人。孙国龙说当他把消息告诉女人之后,女人满脸都是震惊,比起刚才的不可思议,此刻的震惊感充满了惊恐,充满了怀疑,当然,更多的是不敢相信。毕竟是两年前的事情了,此刻冷不丁地蹦出来,而且当事人已经是一具尸体,或者更确切地说已是一具白骨,无论是谁,心中都会有所忌惮,孙国龙说他是理解的。

事情的来龙去脉大致摸清了,孙国龙便在心中暗暗盘算,估计老人就是要去隔壁县走亲戚,路上可能是迷路了,或者突发了什么疾病,倒在了两县交界地带的树林里,山区人烟本就稀少,所以一直没有被发现。

于是孙国龙和当地村干部一起带着女人去两县交界地带的树林与警察会合。

孙国龙说,由于时间太长了,尸体都腐烂了,但是女人还是一下就辨认出了那人正是自己失踪了两年之久的公公。

我问孙国龙:"那女人是怎么辨认出来的呢?"

孙国龙说:"我当时也很疑惑,因为跟女人沟通的时候她并都没有表现出难过,不像是因为感情深厚而立即认出。后来我问女人,女人告诉我尸体旁边的拐杖就是公公的,那个拐杖是她爱人亲手为公公做的,拐杖上的小挂件是她家孩子小时候的玩具,虽然破损的厉害,但女人还是一眼就辨认了出来。"

尸体认领顺利,但是新的麻烦来了,这家男人外出打工,很多事情女人根本做不了主,所以只能先将老人的尸骨安顿好,免其再受风雨侵蚀。再有就是这户人家中贫困,办不起丧事,尸体很有可能就随便找个地头埋了,再立个碑,老人的尸骨也不过就是从地表移入地下。但现在国家要求火化,宣传火化思想也是孙国龙的工作范畴之一,因此刚刚驻村的孙国龙不可能睁一只眼闭一只眼放任其土葬。

把尸体拉回村里,看着六神无主不知所措的女人,孙国龙先开了口,说:"你别急,你先给你家男人打个电话,把事情跟他说一下,让他尽快回来,我想你家公公下葬前也会想见自己儿子最后一面的,你不用担心,他不会怪你的。"

女人点点头,用孙国龙的手机给男人打了电话,事情讲得还算清楚,显然在孙国龙的安抚下,女人的情绪镇定了不少。

第二天晚上,男人风尘仆仆地赶回了村里,孙国龙听说男人回来了,第一时间赶到他家,跟男人把事情的始末详细叙述了一遍。

孙国龙说男人灰呛呛的一身,满脸都写着倦意,看着村民这般苦哈哈的模样,他心里十分不是滋味,所以一直也没好意思把"火化"二字说出来。孙国龙陪着夫妻俩把老人出殡的整个流程商议了一遍,毕竟是夫妻俩的长辈,孙国龙不好说什么,大多时候只是与三个孩子一样在一旁听着,不过不同的是,孩子们还懵懵懂懂,歪着脑袋听不太懂,会插嘴问一些幼稚的问题,而孙国龙歪着脑袋插嘴打断是因为他觉得某些环节有问题,进而提出一些合理的建议与意见。流程大体过完,孙国龙起身准备回村委会,但临走的时候,孙国龙留了个心眼,问:"资金方面有问题吗?"

男人没有说话,孙国龙立刻就明白了。

孙国龙说:"我驻村扶贫刚过来,手头带了一笔资金,你可以申请困难使用,但是资金使用要按国家要求办事,现在国家要求火葬,如果你打算给老爷子火葬,是可以申请使用的,另外我还可以帮你置办一个好一点的骨灰盒。但是如果土葬,可能就不行了。你的心情我理解,但是现实情况就是这个样子,我建议你按规矩办事,不仅减少麻烦,还能为自己减少经济上的负担。"

孙国龙没再多说什么,也没有立刻逼问答案,只是淡淡地丢下一句:"想好了可以随时联系我",便转身离开了。孙国龙也曾切身体会过丧父之痛,他最敬爱最崇拜的父亲也离开了他,那样的伤痛是孙国龙此生的意难平。所以在村民家里的时候,孙国龙只是沉默地听着,一半的自己在灰暗的房间听夫妻俩的对话,一半的自己追忆与父亲一起生活的时光。只是,即便是追忆,画面里也是父亲认真工作的模样,见到这样的父亲,孙国龙羞于启齿,他怕父亲责备自己的不专心,怕父亲责备自己不负责任,所以即便满含不舍,也只能转身抽离,回到现实,学着父亲工作的模样,认真帮助村民解决问题……

不多时,孙国龙就接到男人的电话,说自己想好了,火葬,需要申请资金。

挂了电话,孙国龙轻轻舒了一口气,问题终于都逐一解决了。他闭上眼睛,与父亲对视着,微笑着。

按照村里的风俗,老人去世是要摆三天灵堂并设酒席的,虽然男人家里经济困难,但还是按照村里的风俗摆了灵堂设了酒席,只不过只有一天的时间。

解决了问题的孙国龙其实完全可以在办公室里安心休息,但细心谨慎的他并不放心,总是担心村民遇到困难,如果自己在现场,就能随时伸手帮一把,所以他还是决定亲自去一趟,看一看现场的情况,也安抚一下村民,并亲手交出了一份份子钱。

孙国龙和其他村干部在现场吊唁后,看到现场整体有序,人们并没有太大的情绪波动与起伏,这才放心回来。

晚上丧事办完,男人和女人带着三个孩子摸黑来到村委会向孙国龙表达谢意。孙国龙问男人什么时候再出去务工,男人告诉孙国龙当天晚上十点多就要走了,第二天凌晨六点多就能到,到工厂再稍微休息一下补个觉,中午报到,能赶上下午的出工时间,这样就能少耽误半天的时间,多赚半天的工钱。

孙国龙听后唏嘘不已，转身拿出五百块钱给了男人，说："在外务工不容易，自己要照顾好自己。"男人不肯收，说："孙书记已经帮了我大忙了，怎么还能再拿孙书记的钱？使不得使不得。"

孙国龙想了想，说："这钱算我借你的，等在外面混好了，如果还记得这五百块钱，就多带几个父老乡亲一起致富，这就算帮我了！"一家五口看着孙国龙，三个孩子稚嫩的眼神中充满了不解，也充满了童真的好奇，但男人和女人的眼中却盛满了感动的温润。

就这样，孙国龙驻村遇到的第一件事算是顺利解决了，当天晚上，孙国龙舒舒服服地睡了一个好觉。

孙国龙告诉我，当时在处理这个问题的时候，孙国龙自己并没有想太多，只是出于道义、出于对村民的呵护、出于本职所在，只是想尽自己最大的努力帮助村民，把问题解决好，但是没想到自己的想法和思路，包括做事方法在村里都很受用，村民普遍能接受。这一发现也对孙国龙日后工作的开展树立了一定的信心，让孙国龙能够放心地对村里大事小情进行研判，并提出解决办法。

第二天一早，孙国龙像往常一样走访村民入户调查的时候，却发现村民见到他都会热情地叫他"孙书记"，一开始孙国龙并没有太在意，但是走了一路大家都在热情地微笑着这么叫自己，他心里就开始犯起了嘀咕，毕竟之前很多村民还是爱答不理还是冷眼旁观，一夜之间怎么变化这么大？一拍脑袋，孙国龙突然想起来一件事——之前有人跟他说的关于入村"破阵"的事情。

刚刚反应过来的孙国龙不禁喜上眉梢，也咧开嘴笑着与村民热情地打着招呼。孙国龙继续迈着轻快的步伐入户走访，认真地去了解村民的情况，去记录村民的困难，去想办法解决村民的困难……但与之前刚驻村时满心焦虑不同的是，他感觉有源源不断的动力从这片土地中涌入自己的体内，这动力深沉且厚重，强有力地支撑着自己前进的步伐。他说这动力来自大地，是厚土的力量，也是村民质朴的情感，更是自己壮士断腕的决心。

这就是孙国龙的"破阵"，说起来简单也很复杂，因为要有人的温度与情感，要真实，容不得半粒沙子；说复杂也简单，只要一心一意为村民着想，去为村民办事，也就够了。

2019年12月8日　为何而来

今天傍晚落地北京。穿过夕阳余辉，一切都显得那般温柔。回想在扶贫村调研的两周，时光疾逝，但生活又无比缓慢。调研过程充满感慨，闭上双眼都是两位扶贫书籍的面容。我想我应该为他们写篇日记，记下他们的初心，记下他们的使命。

2017年10月18日，习近平总书记在党的十九大报告中指出："坚决打赢脱贫攻坚战。……注重扶贫同扶志、扶智相结合……确保到2020年我国现行标准下农村贫困人口实现脱贫，贫困县全部摘帽，解决区域性整体贫困，做到脱真贫、真脱贫。"

坚决打赢脱贫攻坚战，让贫困人口和贫困地区同全国一道全面建成小康社会，是党中央对世界作出的庄严承诺，是人类减贫史上的奇迹。

毫无疑问，创造奇迹的决心与勇气永远都是可贵的，带着这份可贵上路，至少精神上的步伐是坚实且郑重的。但是扶贫工作除了精神上的照耀与指引外，更多的还有物质上的帮扶与困难问题的实际解决，尽管这份可贵能够为解决问题点燃希望的火种，但带来光亮的同时，也会照见更多丛生的荆棘。比如在民间，就有这样的一个说法：全国脱贫看贵州，贵州脱贫看赫章。

这种说法邓红、孙国龙很早就听说过，不过用邓红的话说就是"前两年听是笑谈，最多只是觉得有点无奈，毕竟自己生在贵州，长在贵州，但是现在听，却感觉字字千钧、沉甸甸的都是压力！"2019年5月16日，邓红、孙国龙两人通过公司层层筛选，正式成为华能贵诚信托有限公司派驻贵州省毕节市赫章县古达苗族彝族乡官房村和发科村的驻村扶贫第一书记，就此开始了他们与贫瘠土地的故事，开始了他们脱贫攻坚战的"从军行"。

邓红与孙国龙

在来到扶贫村之前，邓红就职于公司审计稽核部，孙国龙在综合管理部。邓红1982年就加入了公司，历经了公司前身的两次变革以及公司从重组起步到如今位列行业前列的全部历程，其间她曾先后担任过公司的会计师、财务科长、业务部副总经理，无论公司身处什么状态，埋头实干一直都是邓红的工作作风。孙国龙于2008年加入公司，那时公司刚刚重组，还是一家在行业末位挂尾的小公司，十余个春秋恍然轮回，如今公司早已引领行业风向，其间飞跃式的发展历程，孙国龙在自己的岗位上默默地见证着，也赞叹着。公司的文化与精神，也在这不经意间，在岁月流逝的须臾里，刻进了两人的血肉之躯中。

由于我刚入职不久，再加上与邓红和孙国龙在不同办公区（邓红与孙国龙在公司贵阳办公区，我在公司北京办公区），所以跟这两位接触较少、知之也甚少，但是我曾见过邓红，并且印象极为深刻。

那是在公司2019年度工作会议上，公司董事长田军在台上讲话，回忆公司重组十年来的发展，一路艰辛，实属不易，但是正因如此才造就了宝贵的公司精神与独有的文化氛围。田总的讲话让我想到了余秋雨在《文化苦旅》中的一段话——最让人动心的是苦难中的高贵，最让人看出高贵之所以高贵的，也是这种高贵。凭着这种高贵，人们可以在生死存亡线的边缘上吟诗作赋，可以用自己的一点温暖去化开别人心头的冰雪，继而可以用屈辱之身躯点燃文明的火种——至今仍觉蕴意相同，大抵异曲同工。

田总满腔情怀，平日待人也亲切，他的讲话更是朴实中蕴含着深刻，他说公司的坚韧精神在邓红身上得到了充分的体现，并郑重其事地邀请邓红上台，请邓红讲述公司重组之初由她独立完成的当时全行业体量最大的一单业务的全过程。

"不愧是做业务的人！"这是我看到邓红上台的第一感觉。

邓红款款上台，鞠躬，致谢田总，致谢同事，便开始了动情的讲述。邓红说跑那单业务的时候，自己心里一直没有底，公司刚刚重组，没有名声也没有地位，而业务的体量又大，合作对象都愿意找大信托公司，有名声又有保障，所以这单业务做成的可能性非常小。但邓红并不服气，心想即使可能性小也要全力搏一把，只有做了才会有希望，不做就是彻彻底底的失败。于是邓红从贵州跑到山东，人生地不熟，那时交通也不发达，完全就是靠公共汽车和问路的方式去各个银行"蒙眼"谈生意。最苦最累的时候，邓红从早上六点多出发，晚上九点多回到旅馆，其间顾不上喝水，也没时间吃饭，一整天脑子里都紧绷着发条，思考着见到客户该说什么、怎么说，如果被拒绝又该怎么挽回……晚上九点多回到旅馆，身子刚一沾床，邓红整个人就像泄了劲的弹簧一样，软瘫在床上，随后，极度的饥饿与疲惫感开始在身体里翻江倒海，实在忍不下去了，便咬牙起身，踉跄地在旅馆门前买一份几块钱的盒饭，刚吃第一口领导就打来电话询问业务进展情况，可邓红脱口而出的

第一句话却是："这盒饭真香！"

邓红在台上声情并茂地讲述着、回忆着，而台下的很多同事都在偷偷地抹着眼泪，并为她鼓着掌——这就是我第一次见到邓红时的场景。场面宏大且壮观，就像现在邓红在村里扶贫所做的一切工作一样，风风火火，热热闹闹，一定要有声有色。或许人真的是有灵魂的，虽然看不见摸不着，但是却可以真实清晰地感受到，它附着在人的语言与动作上，也潜藏在所做的每一件事情中，人所遍历的一切都有其残魂在雀跃、在游荡、在感召、在鼓呼。所以我想，我似乎感受到了邓红的灵魂——火热的灵魂。

而相较于邓红，与孙国龙的第一次见面就显得简单、朴素得多了。

那是我到达官房村第三天的傍晚，正在村委会大院和导演助理——一个与我年纪差不多的男生聊天。远远就看见一辆白色的小汽车从地势较低的发科村一路绝尘而来。

不知是何原因，当这辆车出现在我视野内的那一刻起便再没有离开过，即使与导演助理聊天，我也在用余光瞥着、瞄着，总有一种莫名的感觉，这个车像是来找我的。几分钟后，果不其然，小车驶进了官房村村委会大院，停在了离我们不远的地方。一个身材微胖的男人慢慢挪腾着步子下了车，整个动作不连贯、不顺畅，带着病态的缓慢。

我立刻辨认出了这就是孙国龙！

没错，这就是孙国龙，在得知我们要来村里的前两周他就给我打电话，告诉我村里冷要多带衣服、告诉我村里条件差要做好思想准备、告诉我他会去机场迎接我们……但是就在我们出发的前一天，他却因为高血压入院治疗，而这已经是他驻村工作以来第二次住院了！

看见他蹒跚地下了车，我大声招呼："国龙哥！"

他转身，微微一愣，操着方言说："是元利哈？"

我连忙点头确认，与他握手。他一边握手一边说："哎哟，你这么年轻啊，在电话里沟通感觉你挺老练的，没想到竟还是个娃娃。"

在来之前，有同事特意提醒过我，说："采访的时候一定要'竖着耳朵'听，尤其是孙国龙，他普通话不太好，他说话有时你得在脑袋里转一圈才能反应过来。"

但是此刻，孙国龙就站在我的面前，听到他用有"贵州味道"的普通话评价我时，我笑了。我笑本就个子不高微微有些胖的他此刻珍贵的朴实与有些"可爱"的"迁就"，尽管说话时的感觉是不自然的，略显刻意，但那份小心的认真却格外真实；当然，也笑他说我"老练"，不知道他电话里说我的"老练"是指什么，我的声音？我提的问题？我们的对话？管他呢！还真的是第一次得到这样的评价，连开心都带着新鲜感。

就这样，在来到扶贫村第三天晚上，我终于见齐了公司派下来的两位驻村书记，也见到了公司人人盛赞的两位传奇般的前辈，心中难免激动，但也充满期待，因为入村调研采访的大幕已在无声中徐徐拉开，扶贫幕后的故事终于可以登台亮相，将一个又一个山村的故事、扶贫的故事，借时代的春风讲述给山外人听便是我此行的任务。

邓红的人生苦旅

2019年5月初，公司党委书记、董事长田军召开动员大会，鼓励公司同事，尤其是党员同志积极报名参与到脱贫攻坚战中，完成好国家赋予的光荣使命，履行好公司嘱托的责任担当。

还有一年就退休的邓红在参加会议之前就在心里做好了打算——坚决报名，一定要成功当选！尽管如此，邓红还是偷偷告诉我："尽管我的个人意愿很强烈,但是心里依然没底。"

我问她为什么,她说:"公司那么多优秀员工,清华、北大、国外藤校比比皆是,我一个老太婆,哪里有什么竞争力啊,很担心田总的选拔标准是有热情、有能力、有创新意识的年轻人,这样我不就完全没有希望了嘛!"

但是邓红没想到自己只猜对了田总一半的心思。动员会上,田总明确表示:扶贫不是一件简单的事,不是去了给点钱就可以的,我们公司去扶贫,必须要真扶贫、扶真贫、扶智扶志,把山村里未脱贫的父老乡亲真正地扶起来,过上好日子,和我们并肩一起走在小康的路上。这不仅需要一腔热血,更需要丰富的人生阅历和严谨的人际逻辑,因为到了村里,要处理的不只是经济发展的问题,更多的是父老乡亲们的家长里短……

听到这里,邓红像是吃了一剂定心丸,瞬间就安定了下来,她说听完田总的扶贫思路,自己仿佛得到了某种暗示,一股强烈的欲望在心中开始熊熊燃烧起来。与此同时,邓红也在这炽热的火焰中左右掂量、细细盘算着:比起阅历,自己马上就要退休了,和公司众多的青年员工相比,说自己"阅历丰富"一点也不过分;而论到人际处理,与自己合作过项目的客户最后大多能够成为朋友,所以人际处理更是没问题!这么说来,邓红觉得自己的优势十分明显,心中的火焰不由得又旺盛了一些,火苗在心中蹭蹭往上蹿,燎得脸蛋通红。邓红说当时自己都已经按捺不住激动的心情了,手就像筛糠一样抖个不停,为了避免被同事看出来,邓红调整了一下坐姿,整个身子也跟着挺拔起来。

生活确实比戏剧更冲突、更耐人回味,用邓红的话说就是"自己扶贫事业的起点,似乎就是从那一刻开始的"。刚刚调整好坐姿的邓红一个没注意竟然迎上了田总的目光,两人四目相对,还没等邓红反应过来,田总直接开口就说:"像邓红这样性格开朗,又做过业务,深谙与人相处之道的老同志就很合适啊！"就是这样简单的一句话，都算不上夸奖的一句话，仅仅是陈述事实，却给了邓红强有效的强心剂。

邓红说："所以会议还没结束我就通过微信联系了负责报名的同事，让他把我登记上，千万别落下了。"我正听得出神，想象着当时的场景，结果邓红突然调转话锋问我："你猜他回复我啥？"被邓红这么突然一问，我的舌头竟然打起结来，支支吾吾词不达意，邓红莞尔一笑，说："那个负责报名登记的同事回我说：'你着啥急？也不是比谁报名快，最后还要领导开专门会议研究确定呢！'"

讲到这里，我和邓红不约而同地笑了起来。

邓红怎么能不着急？面对心之所愿、心之所想，就像咧开嘴巴的大地对甘露的期盼，就像漂泊异乡的旅人对故知的渴求，因为心里有所期待，所以就会度日如年，中间所耽搁的每一分每一秒，都是漫长的煎熬，像热锅上的蚂蚁，热锅是邓红，蚂蚁也是邓红，邓红在心中自己煎熬着自己。

后来邓红告诉我，听了田总的那番话，之前她心里一直敲打不停的小鼓终于安静了，但是她也补充道："不过现在想想也是有点后怕，因为后来我才知道，公司的党员好像都报名了，在田总的号召下大家都很积极踊跃，幸亏田总有自己的标准，也了解扶贫的具体工作，要是换个不懂这方面工作的领导，估计我这个老太婆就只有落选的份儿了！"

看着邓红认真中又带着几分调侃地讲述自己报名的"惊险"过程，除了跟着她感受这一"刺激""紧张"的过程外，我心中更多的是敬佩。

我最敬佩的就是邓红的报名初衷。"人活一辈子图个啥啊？不就是价值吗！虽然我马上就要退休了，但是心里总憋着一股劲，总想做点什么散散这股劲，发发余热，凑巧赶上了国家的号召，公司领导也支持，这时候不上啥时候上？当然，也是我命好，能在咱们公司工作，不是每个公司都有机会派人去的,公司也是经过省委省政府层层选拔才有机会派人去扶贫的,要是没有公司的好,也没有我的机会。再一个也是觉得扶贫济困是一件积德行善的事,出于这层考虑,我也是非常愿意参与的,更何况这是责任重大、使命光荣的国家任务呢!"

邓红讲的时候,没有一句高大上的道理,但每一句话却都能够挖掘出高尚的精神品质与可贵的价值观念。或许任何一件事情,只要心甘情愿,总是能够变得简单吧。

就这样,会后第四天,邓红的名字出现在公司办公自动化系统(OA系统)的公示栏中。一周公示期过后,无人提出异议,邓红正式走马上任。

5月中旬,邓红来到扶贫驻村书记培训中心,这是正式成为驻村扶贫书记的第一关——先学习相关的理论知识,筑牢思想底线,然后才能去村里带领村民脱贫攻坚。邓红说,厚厚的一沓文件、讲话精神,天天学天天背天天考,自己仿佛回到学生时代,虽然理论知识总是背完就忘,虽然头发总是一把一把地掉,但是这些困难并没有消磨掉邓红扶贫的决心。邓红说每次觉得难了累了坚持不下去的时候,就一个人默默地畅想一下未来在村里和父老乡亲们一起决战脱贫攻坚的生活,每每此时,自己的力量就会像充电一样慢慢补充回来。所以培训的日子虽然枯燥无聊,但邓红心里仍然充满着期待与兴奋,就这样,邓红一边向往着扶贫的生活,一边认真地学习。培训期满,邓红顺利通过考试,开始正式进村开展扶贫工作。

尽管在进村之前,邓红就已经做好了艰苦生活的思想准备,但是当她真正踏入官房村,看到眼前这片贫瘠的土地时,她还是被眼前的景象惊呆了。"如果不是亲眼所见,真不敢相信啊!咱们国家现在这么繁荣,怎么还会有这么穷的地方?"尽管邓红现在早已习惯了扶贫村的生活,但坐在我面前讲述刚来这里时的心情,她依然不加掩饰地表达着当时满心的惊诧与不可思议。

她刚来官房村的时候，村里没有路灯、没有水泥路，很多村民家连厕所都没有，村民随地大小便，遍地垃圾，环境脏乱差非常严重。而邓红所在的村委会楼内连热水、洗衣机、取暖降温的设备都没有，驻村干部洗澡要到三十多千米以外的县城去洗，这里的村民更是常年不洗澡……眼前所见的穷困与潦倒，让邓红感觉经济水平倒退了几十年。

面对这些，邓红感慨：其实如果只是这些问题，倒也好解决，做好村里的基础设施建设就可以了，但是和环境相比，更加严重的问题是村民们思想观念的落后。

一些贫困户，居住在危房里，家中一贫如洗，即便这样，政府在县城建好了搬迁安置房，钥匙送到他们手上，这些人都不肯要、不肯搬，坚决不愿意离开，一方面是因为故土难离，更主要的原因其实是他们恐惧城市生活，不愿意劳动打工。由于村子是少数民族村寨，村里早婚早育问题非常严重，女孩子十几岁就生小孩了，而且还生得特别多，一般5个小孩是"标配"。邓红说，就在官房村的邻村，有一个12岁的小女孩已经生了一个孩子，还有一个27岁的妇女生了12个小孩，大家戏称"双十二"；另外，村民们普遍都爱喝酒，不分男女老少，每天都喝得醉醺醺的，晚上睡在路边、水沟、泥地里的比比皆是，没钱买酒的时候，就把政府发放的猪、鸡低价出售换钱买酒喝……

这些在邓红看来的问题和困难，都是可以通过办法与得当的举措改正的。但让邓红不解的是尽管村民们的生活条件十分落后，但大家却普遍满足现状，整天遛鸟、吹芦笙、唱山歌很开心，很少有人认认真真地去工作挣钱改善生活。

邓红看到这一切，内心充满了矛盾，从小就生活在城市里的她从未想过世界上会有这样的生活,更没想到自己还要凭一己之力去改变这样的境况,强烈的落差感让她顿生无力感。

我问邓红:"那您后悔过吗?"

听我这么一问,邓红稍稍调整了一下坐姿,眼睛瞪得大大的,特别坚定地说:"没有!从来没有!虽说村里生活的落后程度超出了我的想象,但是我可从来都没有想过要退缩,以前在公司做业务的时候那么辛苦都挺过来了,现在更不会怕,而且还有公司在身后做后盾,没啥可怕的了!我入村的第一天,孙磊总经理就给我打电话了解情况,听到这些他还说我一个女同志要小心,要保护好自己,无论发生什么事,公司和同事永远是最强大的后盾和助援团队,所以我更没啥可怕的了。"

说完,邓红指着我们身边的回风炉,继续说:"这就是咱们公司买的,三楼厨房还有碗筷消毒机,一楼的卫生间也安了浴霸,你们要洗澡也可以去。"讲到这些的时候,邓红如数家珍,因为这些都是她来到村里之后才添置的,是公司扶贫办调研后主动为邓红购买的,按照孙磊总经理的意思是:"邓红是来工作的,不是来受苦的,工作与生活是两码事,该保障的要保障,该要求的也必须要严格要求。"

邓红对公司领导的开明心怀感激,所以每次谈及公司领导,邓红都有讲不完的话,说不完的赞美,但同时我也能够感觉得到,邓红也因领导的开明更加珍惜这来之不易的工作机会,因为这份工作不仅是她个人的工作,肩上还挑着公司的责任与国家的信任。

当我问邓红大概多久回家或者去城里一次时,邓红则像个孩子似的带着一点抱怨地说:"从到了这里我还没回过家呢!之前买东西办公事倒是去过城里,但是买完东西办完事就走了,也没有到处转转。"

"那您不想转转吗?"我面露狡黠的微笑,故意问邓红。

邓红倒是很实在地回答,说:"也想啊!但是心里总想着村里的事,总怕万一村民有事找我我不在怎么办!转也转不踏实,玩也玩不实诚,还不如老老实实回来呢!而且我们每天都要在村委会打卡的,上级领导时不时地也要下来突击检查,如果不报备就是擅自离村,是要受处分的。我都这么大岁数了,可不想因为出去玩挨批评,那样也太丢人了吧!而且我这边还代表着公司呢,可不敢太随便!"

听到邓红说驻村干部每天都要按时打卡,我的心不由得颤抖了一下。因为之前就听同事给我讲过一个关于驻村干部打卡查岗的小故事,故事充满荒诞感,却也让人无奈。那时邓红刚驻进扶贫村半个月左右,有一天凌晨三点多,上级领导突然驱车空降官房村,完全没有提前打招呼,也没有一点风声。当时的邓红睡得正香,突然被一起驻村的村干部急促的敲门声叫醒,脑袋还不清醒,迷迷糊糊地披着衣服出来,却看见上级领导正在满意地看着几位驻村干部笑着,邓红揉揉眼睛,一度以为是错觉。领导倒也没有多说什么,简单鼓励了两句就转身离开了,直至把领导送走,邓红都觉得这一切太不真实了,充满了魔幻感。

这个小故事是同事讲给我听的,当时我还一直坚持是同事听错了时间,应该是下午三点多。刚好此刻向邓红求证,得到的是肯定的答复,正是凌晨三点多。

坐在邓红面前,看着她的微笑,听着她的讲述,想着她在这片土地上的生活,除了不可思议,我不知该用什么来表达。记得余秋雨曾说:只有走在路上,才能摆脱局限,摆脱执拗,让所有的选择、探寻、猜测、想象都生机勃勃。

邓红之前就说自己心里憋着一股劲,想发发余热,所以她踏上了脱贫攻坚的战场,走上了扶贫的路,而她的一切选择、探寻、猜测、想象,也都如余秋雨所说,正在焕发着勃勃生机。是她自己的生机,也是贫困村的生机。

孙国龙的初心

孙国龙一屁股坐进沙发里,整个人几乎都陷了进去。双手叠在一起撑着沙发的扶手,感觉有点微微地用力,仿佛是在担心一不留神整个人会彻底陷入沙发当中,此刻,扶手成了他的"救命稻草"。

我坐在孙国龙的对面,维持着一贯凌厉的采访姿态,毕竟不甚熟络,难免要做好攻与防的准备。但是看着眼前孙国龙的状态,准备好的凌厉却充满了失重感——面庞本就黝黑的他嘴唇发着青紫色,在两撇小胡子的映衬下显得更加沧桑、憔悴。我这才凛然警醒地意识到,眼前的这个人,刚刚出院就拖着虚弱的身体跑来见我们,心中不免变得温柔,于是内心的情感开始慢慢中和着表面的凌厉,直至我放下二郎腿,弓着腰,用手肘挂着膝盖,右手托着下巴——摆出一副聆听的姿态。

但没想到的是,孙国龙说的第一句话竟然是"不好意思啊,还说去机场接你们呢,结果自己住院了,这人啊,一上岁数,就不中用了"。还是带着"贵州味道"的普通话,但是与之前相比,竟多了一点沧桑的味道,还有慨叹时光、留恋岁月的无奈。

访谈团队同行的人也没想到孙国龙说的第一句话竟然是这样的内容,一时间都还处在沉默当中。

"嗨,您这身体重要啊,这不有邓红姐接我们了吗!没事的,您这身体恢复得怎么样?感觉您还是很疲惫啊!"为了安抚孙国龙,也为了化解现场大家"思维集体短路"的片刻空白,我故作轻松地说道。

孙国龙抬起手挠挠后脑勺,举手投足间朴实的气息扑面而来,他皱着眉头说："对,还有点累,不过倒是不碍事,问题应该不大了。之前也有过一次,都习惯了,有经验了,不像第一次那么害怕了。"

还真是第一次听说有人高血压休克已经成为习惯的,在我感到惊诧与新奇的同时,眼前的孙国龙竟还表现出一脸无辜,只是在心中暗笑他太过耿直憨厚。

但更令人担心的是,以孙国龙现在的身体状况是否还能继续在这环境艰苦的山村工作下去,不仅要吃生活的苦,更重要的是完成刻不容缓的扶贫工作。结果孙国龙的回答却让我很是感慨。孙国龙告诉我,现在他的妻子也在村子里。平日里,孙国龙负责与其他村干部一起处理村子里大大小小的事情,而孙国龙的妻子除了照料孙国龙的生活起居外,也主动承担起了村委会饮食与打扫卫生的工作,用孙国龙的话说,就是"我媳妇成了我们村委会的家政专员"。说完,孙国龙还嘿嘿地笑了起来。

孙国龙的身体向来不好,当时报名参加驻村扶贫第一书记选拔的时候就遭到了妻子的坚决反对。平日里与妻子一向和颜悦色凡事好商量的孙国龙在遭遇反对的时候却显得格外执着。实在拗不过他,妻子只好同意孙国龙到扶贫村的帮扶工作,但是自从孙国龙因为高血压第一次住院以后,他的妻子就辞掉工作,再也没有离开发科村,更没有离开孙国龙。

孙国龙跟我讲述的时候特别逗。

我问他:"既然您这身体一直都不好,当时报名的时候家里人同意吗?"

孙国龙此时一改之前的憨态,有点狡黠地说:"肯定不让啊,但是我一直坚持着。"

"您咋坚持?"

"就是不去不行,我一定要去!"

我被他逗笑了,随后开始引导话题:"那您和家人有没有因为这个事情闹矛盾呢？其间都做了些什么呢？"

听我这么一问，孙国龙有些心虚地看了看周围，压低声音说："我跟我老婆当时都吵架了，谁也不理谁，气得她都不给我做饭吃了，饿了我好几顿！"孙国龙前倾着身子，声音自喉咙飘忽出来，悠悠然传到了我的耳膜，这时孙国龙的眼神仍然时不时地瞟一瞟周围，生怕这个"惊天"的大秘密被旁人听了去，传出去唯恐丢面子。

看着孙国龙憨态中不乏一点古灵精怪的感觉，我笑了，也学着他的样子，压低嗓音，弓着身子探着头，说："啊？那您咋办啊？挨饿了没？"

孙国龙一看我这架势，也笑了起来，回到原来的姿势，放开声音说："那怎么可能，天天上班，公司那么多好吃的，怎么可能亏待了自己！"

我点点头，表示认同。

毕业入职不到一年的时间里，我从 110 斤到 138 斤，这肉不是白长的，所以对于孙国龙的话，我深有同感！

但是更令我好奇的是，孙国龙为什么会这么坚持扶贫这项工作，于是我问他："您为什么这么坚持呢？"

孙国龙却告诉我，这一切都是受了他父亲的影响。

孙国龙说自己的父亲生前干了二十多年的村支书，直到去世才卸任。孙国龙小时候与父亲见面的时间不多，因为父亲常常奔走于村民家，帮助村民解决大事小情。那时候的孙国龙并不理解父亲工作的意义，只是印象中大家都在夸赞父亲，但他却打心眼里觉得父亲不是一个好父亲，不关心自己，也不关心妈妈，家里有事情都是靠母亲解决，从来没见过父亲为家里做过什么。年少青春的叛逆与父亲工作的忙碌形成了激烈的冲突。

但是好在成长会给予每一个少年儿时的不理解以答案，或早或晚，总归都会给到。

　　孙国龙说,印象最深的就是小时候生活的村子特别缺水,那时父亲忙于工作,没有时间顾家,所以总是由他和母亲去很远的地方挑水。对于小时候的孙国龙来说,水是很珍贵的东西,用着特别小心且节省,以至于这么多年过去了,直到现在孙国龙依然保持着节约用水的习惯。但是有一年,村子闹旱灾,这让本就缺水的村子雪上加霜,看着母亲每日都为用水问题烦恼,懂事的孙国龙也很惆怅,但是没过多久,他就听村里的村民说孙支书要带领大家挖渠引水,当时孙国龙甚至都没有意识到大家口中的孙支书就是自己的父亲,于是他跟朋友打听,结果朋友告诉他:"孙支书就是你爸啊,你怎么还问我们呢?"

　　孙国龙这才恍然大悟,原来是父亲要带领村干部和村民挖渠引水。接下来的数月,原本就很少见到父亲的孙国龙更是见不到父亲的身影,直到有一天,村里鞭炮锣鼓齐鸣,母亲牵着他去凑热闹,才看见又瘦又黑的父亲站在人群中间讲话,说水渠挖成了,以后村民种地、引水都不成问题了。孙国龙的视线越过父亲瘦弱的身形,看见一条水带正在他的身后涓涓细流。由于刚刚成渠,水还不够清亮,流速也不够迅猛,但是他却激动得无以复加,因为他知道,以后自己再也不用和母亲走那么远的路辛苦地去挑水了。再看看周围村民激动的表情和开心的笑容,年少的孙国龙对父亲的崇敬之情便开始在心底蔓延开来。

　　此后,他再也没有对父亲有过任何的不理解,即使是对自己缺乏关心,对家庭的承担不够,但孙国龙明白,父亲是在为大家做更有意义的事情。孙国龙最后骄傲地对我说:"之后每次选举新的村支书,父亲的票数永远都是最高的那个,超过其他候选人好几十票。他这个村支书,一干就是二十来年,直到去世才卸任,其间没有一个人说他的坏话。"

　　坐在沙发上的孙国龙动情地讲述着、骄傲地讲述着。这个年过半百的男人,在讲述自己父亲的时候,有着平日里见不到的深情。

当然,孙国龙所讲述的,是他对父亲印象最深刻的一件事,也是转变他对父亲看法的一件事,所以孙国龙整个人都是动情的,充满孩子对父亲的仰望,也充满对过往的怀念。他说自己的父亲是个热心肠,平时为村民做的小事更多,比如父亲做饭特别好吃,于是村里不管谁家有个红白喜事,要吃席的时候,都会请父亲去帮忙做饭;谁家老人孩子生病,父亲半夜爬起来背着生病的人翻山去看病……孙国龙说:"太多了,根本说不过来!"

而此刻孙国龙的眼睛也是微微湿润的。

于是,我轻声说道:"所以,你报名扶贫,就是希望能够像父亲一样去为乡亲们做点实事?"

孙国龙点头,表示确认,却没有说话。

是的,这个时候的孙国龙是不能说话的,说什么呢?说什么都抑制不住内心情感的倾泻吧!记得有人说,此刻你觉得无法离开的人或事,某天你会自己选择放弃它。前提是你的心和脚步要一直前行。即便在困顿停滞的时刻,也要用力拖动它们缓慢往前走。对于父亲,孙国龙并没有打算离开或是遗忘,但他选择前行,走在父亲曾走过的路上,面对重重困难,依然坚持用力,缓慢行进着,我想或许他是需要一点点温暖的,用自己的方式去纪念。

微停片刻,我觉得此时的情感太过饱满,决定适可而止,于是尝试着转移换题:"那公司领导知道您身体的事情吗?"

孙国龙说:"知道的,所以一开始是没有我的,是我再三请求,公司领导又多次打电话沟通确认,拗不过我,才让我去的。"

我点点头,原来是这样。又继续问:"那您现在的身体状况可以吗?需不需要歇一歇,或者找个帮手呢?"

孙国龙很坚决地说:"不用,任务完不成绝不回去,好不容易争取到的机会,我一定会坚持到底!"

说这话的时候,孙国龙语气坚定,中气十足,眼神勇毅,让我恍惚以为眼前坐着一位军人。但是我的恍惚实际上并没有错,孙国龙以前确是当过兵的。

在来扶贫村调研之前,我曾向公司扶贫办的同事了解过两位驻村书记的情况,负责的同事告诉我孙国龙曾经当过兵,而之所以当兵也是因为父亲。

当时读书条件差,孙国龙对书本好像也没有太大的兴趣,于是孙国龙的父亲对他说:"读书的路子走不通,就去当兵吧!不能以文报国,就用武来护国。"当时的孙国龙已经转变了对父亲的看法与态度,心中的崇敬之情正盛,于是痛痛快快地就答应了父亲的提议,报名、体检,一切顺利通过,正式开启了自己的军旅生涯。

所以我一直坚信,是父亲的影响,也是那一段军旅生涯的磨砺,塑造了孙国龙此刻不放弃、不退缩的行事风格吧!

年纪尚浅的孙国龙,曾无数次仰望过的高大背影,在沉默中告诉他坚持的可贵;还是少年模样的孙国龙,曾无数次抚摸过的闪亮肩章,在安静地传递着坚韧的力量……那些他走过的路、遇过的人、做过的事,在此刻,也在他生命的每一时刻,影响、塑造、打磨着他的思想、个性、品格与三观,让孙国龙得以成为此刻的孙国龙。它们也在孙国龙的心里埋下一颗种子,这颗种子告诉孙国龙世间之事没有什么不可能,为孙国龙在人生的时空坐标中圈出一方让他清醒又催他奋进的小天地,在这方小天地里,那颗种子,已经长成了孙国龙的初心。

为何而来? 邓红为了释放心中的那股劲! 为何而来? 孙国龙为了重寻先父的足迹! 这些都是他们最质朴、最原始的出发点,但是在这质朴的背后、原始的内里,却可以看到一个有关"人"的答案,这个"人"是自己、是父母,也是素不相识的陌生人,因为冥冥之中的某种牵连,他们来了,他们为了他们而来。

但是扶贫的工作并不简单,一腔热血、一个初衷并不是所有故事的开始与问题的答案,其中,有的是苦头要吃,其中,有的是委屈要受,其中,有的是磨难要历……就像公司扶贫办的同事说的那样,他们为何而来?为了天地之间的道义,为了国家给予的任务,为了公司赋予的使命,为了个人澎湃的激情……也许答案可以有千万种,但殊途同归,总不过是要成为芸芸众生中发光且坚韧的人。

2019年12月15日　扶贫村里的贫富差距

今天,我和邓江一起来到了孙国龙所在的村子——发科村。第一次见到孙国龙的那个晚上,我们沟通结束后随便闲聊的时候,我就跟孙国龙提出了让他带我到发科村转转的想法,孙国龙几乎未经思考就痛快地应允下来。

第二天下雨,天公不作美,出行计划只得无奈作罢。第三天一早,山雾还在山腰缭绕的时候,孙国龙便来到了官房村村委会。于是,我和邓红搭着孙国龙的小车来到了发科村。

发科村和官房村是相邻的两个村子,相距不过两千米。据邓红说,官房村以前是从属于发科村的。以前发科村叫大发科村,官房村叫小发科村,但是由于大发科村经济一直搞不起来,贫穷人口多而聚集,小发科村就有意无意地想要"自寻出路",脱离了大发科村的政治管辖。而小发科村真正脱离大发科村政治管辖的契机出现在一个据说是"落魄大官"的"忽然而至"——落魄的官员在小发科村的地界盖了一所砖房,这在当时的经济条件下是绝无仅有的, 于是越来越多的人叫小发科村为官房村,慢慢地,官房村也脱离了大发科村的管辖,自立门户,成了真正的、完整的、独立的官房村。小发科村变成了官房村,从此就只有一个大发科村了,人们也不再需要用大小来区分,索性就直接称大发科村为发科村。于是,发科村、官房村的名字,一直叫到了今天。

邓红的一个小历史故事,大约讲了五分钟,我们也来到了发科村村委会的门口。

和官房村村委会一样,发科村的村委会也是一座三层小楼,但是看着要比官房村更威严一点。官房村的村委会小楼粉刷成了白色,显得柔和很多,而发科村村委会小楼外面粉刷的是与水泥颜色相差无几的灰色,更显出了几分庄重与气派。

为尽地主之谊,孙国龙想让我们先去村委会坐坐,但我和邓红一致认为趁着天气晴好身体又不觉疲惫,可以先在村里逛一逛。于是三个人在发科村开始了上坡下坡再上坡再下坡往复循环的"探秘"之旅。村里的狗一般在院子里不拴绳索,其间偶有跑出来站在路中间"汪汪汪"地拦路,但只要人踩踩脚呵斥一声,也就呜呜着匆匆逃掉,不仅不觉狗的凶猛,反倒多了几分可爱。

发科村和官房村的居民住房建得差不多,都是沿着山的走势和路的外延而建的,除此之外的一切,都显得毫无规律可言,比如朝向没有规律、结构没有规律、高度没有规律……就这样起起伏伏仄仄歪歪地在刚刚修好的水泥路边彼此"搀扶"着。但是相比官房村,发科村的村民房子外围全部都做了粉刷,颜色是统一的明黄色,这样看上去多少都会显得更规整一些。

记得刚到官房村的第二天,我跟邓红在官房村村委会三层的小露台上聊天时,远远地就看见了发科村,由于距离较近,官房村地势又较高,所以可以说是远观了发科村的全貌。当时我就跟邓红说那个村子好漂亮,问邓红是哪个村子。邓红竟然看都没看,直接就告诉我说:"那就是发科村,是孙国龙负责的村子。"但邓红的表情却是复杂的,有点哀叹的味道。

由于我刚来到村里,很多事情很多问题都不甚了解,只得小心翼翼地问邓红为什么官房村没有刷,也试图寻找邓红表情背后的真相。邓红说:"那个也不是孙国龙刷的,这个是在我们来之前就做了的,我觉得给村民家房子外面刷墙,除了能提升一点村容村貌,对村民实质性的帮助不大,所以我也没有跟领导提。"说完,邓红微微摇头,动作轻缓得让人不易察觉。

看着邓红的动作,琢磨着邓红的话语,才明白邓红刚才的表情其实在哀叹着。而我此刻能做什么能说什么呢? 也只是沉默地点点头。但从一个刚刚入村的"外人"角度来看,仍是觉得明黄色小村,静卧在青绿色的天地之间,显得夺目且静美,十分好看。

三人在路上边走边聊,村民往来,热情地招呼孙国龙为"孙书记",有的村民甚至干脆放下手中的活计,招呼我们去家里坐坐,还打听我和邓红的来历。当地的方言我听不懂,竖着耳朵细细听也不过能辨识个百分之三十左右,对话中听出了他们问我的情况,但我听不懂孙国龙是如何介绍的,只是觉得村民再次投来的目光变得炽热,心想大概是借了公司的光。但是介绍邓红的时候我竟莫名听懂了, 孙国龙说邓红是官房村的驻村第一书记,村民反馈大概是"早就听说过,很厉害,很好",还朝着邓红竖了个大拇指。

在农村,媒介的普及与发展十分落后,但是这并不影响十里八乡各路新闻的传播与扩散,在每个黄昏静谧的夕阳下,饭桌上、家门前、马路上人们的窃窃私语,都是一场有效的人际传播,而邓红和孙国龙这两个人的名字,已经成为这些村民口中的常客,就着酒菜,和着惬意与舒畅,融入了村民生活琐碎的点点滴滴。

待村民走后,我跟邓红、孙国龙感叹说:"村民真热情啊! "

但是在村子里转过一圈后,才发现邓红说的是对的。虽然村民的房子被粉刷得很漂亮,但很多村民屋里仍然是残破的,但奇怪的是室内残破,却都有着较新的家具和电器,于是我向孙国龙发问,孙国龙说这些都是为村民"补短板"买的。在扶贫的工作中,有一个重要的环节叫作"补短板"。所谓"补短板",就是为村民添置生活所必需的居家用品,包括桌椅板凳、床单被褥、锅碗瓢盆以及一些必备的家用电器。邓红说"补短板"是他们一入村就要做的事情,两人驻村的第一件事就是挨家挨户调查,调查的内容除了了解村民家庭结构和收入情况外,还有一项很重要的工作就是登记"短板",邓红和孙国龙两人会根据两村的实际情况统计好村民家中的"短板",然后汇报给公司,由公司出资购买"补短板"物资,两人再给村民发放,弥补村民的生活"短板"。

我问孙国龙有没有关于村子的文献史料,村国龙摇头,表示没有,情况与官房村一样。其实我心里也清楚,像这样的山区贫困村,一个连温饱都是问题的地方,又有谁会想到为村子的发展去撰写文献史料呢?所以对于两个村子而言,发展的历史全部要靠老人的口述,若想回顾两村的历史,恐怕真的要找些村里的长者来做访谈了。但是好在两个驻村书记认真负责,把各自来村后的一些情况与数据做了汇总,我根据他们的资料做了摘录与整理(数据截至 2020 年 5 月),附于下:

扶贫点一:官房村

官房村位于赫章县古达苗族彝族乡西北面,距县城 32 千米。官房村下辖 3 个村民小组,共计 270 户,总人口 1206 人,其中少数民族 92 户,共计420 人。

官房村平均海拔 1580 米,年平均气温 17℃,无霜期 280 天,年降水量 820 毫米。全村总面积 1.8 平方千米,林地面积 0.8 平方千米,耕地面积 0.56 平方千米。

项目	数据
人口总数	270 户 1206 人
人口构成	青壮年 574 人,老人 318 人,孩子 314 人
行政区面积	1.8 平方千米 其中林地面积 0.8 平方千米, 耕地面积 0.56 平方千米
主要民族成分	汉族、苗族、彝族
下辖村组	一组、二组、三组
教育情况	教育资源落后,教育资金基本达到全覆盖
主要经济产业	玉米、马铃薯、猪牛羊等牲畜
自然条件	山高坡陡,气候条件较差

截至目前,官房村建档立卡贫困户 61 户,共 287 人,贫困发生率 23.8%,2014—2018 年脱贫 41 户 224 人,贫困发生率 5.22%,2019 年脱贫 9 户,共 45 人,贫困发生率降至 1.49%,目前未脱贫 11 户,共 18 人。

官房村现阶段扶贫成果:

2019 年,官房村完成危房改造 12 户,易地搬迁 7 户,完成脱贫任务 9 户,完成村活动阵地建设地面硬化 1200 平方米,建成篮球场一个,完善和打造村办公楼建设,协助完成村卫生室建设,并已投入使用,完成新增流转土地约 46700 平方米,协调公路管理部门完成 10 千米公路边沟清理,成立村级合作社两个,完成本村 4 名辍学儿童的劝返回校,挽救失足少年 1 名,每月走访核实所有贫困户 2 次以上,走访留守儿童 1 次以上。

另外公司帮扶古达乡蔬菜种植产业资金 100 万元,用于官房村、发科村 330000 平方米玛瑙红樱桃地套种蔬菜,老百姓获得土地流转费 20 余万元,收到务工费近 40 万元,公司以工代赈让老百姓得到实惠。疫情期间,官房村第一时间捐赠蔬菜 30 余吨，让赫章县 5 万多人在家吃到健康的爱心蔬菜。

官房村改进的贫困户明示牌、连心图、连心袋以及作战图，属于全县创新，县委领导及扶贫办建议大家学习、推广。官房村 4 名驻村干部年终考评全部为"优秀"。截至 2020 年 5 月，邓红的事迹上了六次赫章电视台新闻联播，赫章日报、毕节日报、贵州日报、多彩贵州、新华社等多次报道驻村干部邓红的扶贫工作事迹。

官房村脱贫工作现阶段主要问题：

村民家庭贫困，绝大部分家庭没有衣柜、碗柜、锅架、回风炉、电视机、洗衣机、床、桌椅板凳、锅碗瓢盆等生活必需品。环境卫生急需整治，很多村民家中无厕所，随地大小便，牲畜粪便到处都是，完全没有卫生意识，生活习惯极差，垃圾遍地，脱贫形象极差。在脱贫总体工作上，完成剩余 11 户 18 人的脱贫，保持已脱贫的不返贫，帮助贫困边缘户不致贫。

扶贫点二：发科村

发科村位于赫章县古达乡东北部，距乡政府约 17.8 千米，全村辖 6 个村民小组，总人口 274 户共计 1382 人，其中苗族 209 户 854 人，占总人口 61.79%，白族 14 户 94 人，占总人口 6.8%。

发科村平均海拔 1700 米，全村总面积 9.6 平方千米，其中林地面积 0.822 平方千米，耕地面积 0.725 平方千米。经济来源主要依靠种地、养殖和外出务工。

项目	数据
人口总数	274 户 1382 人
人口构成	孩子 453 人，青壮年 726 人，老人 203 人
行政区面积	9.6 平方千米，其中耕地面积 0.725 平方千米
主要民族成分	苗族、白族、汉族、彝族
所辖村	一组、二组、三组、四组、五组、六组
教育情况	小学、幼儿园各 1 所，教师 8 人，代课老师 4 人，师资力量薄弱。因幼儿教育师资短缺、场地受限，致使三个村大部分幼儿滞留家中
主要经济产业	种植：玉米、马铃薯、板栗、蜂糖李 养殖：牛、羊、猪、鸡
名特产品	苗族服饰
自然条件	平均海拔在 1600～1800 米，气候偏差较大
资源	煤

截至目前，发科村建档立卡贫困户 115 户 621 人，其中 2014 年至 2018 年底脱贫 44 户 231 人，未脱贫人口 71 户 390 人，贫困发生率为 26.92%，2019 年脱贫 54 户 309 人，贫困发生率降至 5.86%，计划 2020 年上半年实现 17 户 81 人贫困人口"清零"工作。

发科村现阶段扶贫成果：

2019 年，发科村完成蔬菜大棚修复工作，完成学校厕所建设，完成卫生室维护、1 名独居老人居住环境改善工作，饮水工程建设项目结项，解决了学校、村委和五组 400 多人饮水问题，完成村民住房门窗安装项目，如期完成危改任务，院坝、连户路硬化项目如期完工投入使用，有效提升了脱贫形象，完成村子食堂建设，设立党建 + 积分超市，有效提升村民卫生动力，同时设立助学金，为 36 名学生发放了助学金，完成室内"补短板"工作，其中床上用品惠及贫困户 115 户 621 人,边缘户 7 户 42 人;电磁炉、电饭锅惠及 122 户(含边缘户 7 户);床惠及贫困户 71 户;餐桌凳子惠及贫困户 98 户;衣柜惠及贫困户 100 户;碗柜惠及贫困户 82 户。以上这些物资大大改善了村民的生活条件。

发科村脱贫工作现阶段主要问题:

一是村庄环境卫生有待进一步改善。由于发科村村民生活习惯、地理环境限制等因素,致使当地环境卫生水平较低。二是群众内生动力不足。三是教育落后,学校基础设施差。四是 2019 年缺口资金还未支付给施工方。

看着这一组组数据,有惊叹,更有惊喜,短短数月,工作成效如此之显著,实属不易。

就在我面露喜色的时候,邓红和孙国龙却并没有表现得特别高兴,孙国龙说:"工作上是有成效的,也算有点小成绩,但是剩下的问题更加棘手,一个是未脱贫的村民都是贫困户中的'钉子户',这些人家极度贫穷,另一个就是还要避免返贫的问题,这些问题都很艰巨,所以压力还是很大的。"

邓红也说:"是的,到现在还没脱贫的,是真的难扶。之前我们驻村前做培训,认识了几个其他村的书记,他们负责的村子有的村民都脱贫了,但是管理一松下来,就返贫了,脱贫攻坚真的不是这一朝一夕的事,是持久战。"

听到两位扶贫书记如此认真且严肃地对我讲共同担心的这两个问题,我心中不免一惊,继而一连串的问题脱口而出——这算不算贫困村中的"贫富差距"呢?为什么在扶贫村也存在这样的"贫富差距"呢?在什么情况下会返贫?又该如何防止返贫呢?……

面对我迫切的提问,两位书记并不急着回答,仿佛我此刻的表现都在他们的意料之中。这时刚好走到一个路口,孙国龙示意我们左转,转过后绕过一棵大树,是一块比较平整的空地,空地上有几块大石头,孙国龙说:"我们坐下慢慢聊,石头是干净的,平时没事的时候,经常有村民来这边拉家常的。"

我们三人坐下来形成一个三角形,我一看表,此时已经十点四十五了,山雾早已散去,明晃晃的太阳在头顶挂着,树荫在我们三人肩头不断跳跃着,眼前的明暗在不停地交替着。就在这晦暗不明的交替中,孙国龙和邓红慢慢开始了问题的解答与故事的讲述。

孙国龙说:"驻村书记不好当,并不是只需要解决村民家长里短的问题,尤其是这两个村子是少数民族村寨,在少数民族村寨做工作,更得小心翼翼,要尊重少数民族的风俗习惯,也不能轻慢了汉族的规矩,很多工作都要折中地去做,转着弯地去做,好在村子的民风还算淳朴,村民大多还比较好说话,不然工作很难做的。"

孙国龙从村子人口结构特点的角度给我做了个铺垫,其实我听着并没有太多的感触,但一旁的邓红,连连点头,一直附和着。

看孙国龙停顿下来,邓红赶紧跟我补充说:"这里的少数民族村民人都很好,很朴实,虽然有些生活习惯与我们确实不一样,但是好在与汉族村民居住的时间久,融合得比较好,一般不会给彼此带来什么困扰,如果真的有问题,我们去了劝说一下,做做工作,还是可以把工作做通的。只是有一点,让我们很犯愁……"

邓红的话戛然而止,看她的表情,显然是在酝酿着该怎么跟我表述。我心里也理解,毕竟有些话还是比较敏感的,表述不好是要承担责任的。但问题就是问题,只有面对才能解决,逃避的怯懦与无视的傲慢永远都不是解决问题的最好方式。

于是,我决定先发制人,给两位书记吃一粒定心丸。我说:"没关系,有什么就说什么,一是事实,把您看到的、遇到的原原本本说出来就好了;二是我对您的介绍也会有所节选和摘录的,所以不用担心。"

邓红和孙国龙对视了一下,互相点点头,仿佛下了一个很大的决心,做了一个很重要的决定。

邓红开了口,说:"我们两个负责的村子,汉族与苗族、彝族等少数民族混住,而现在脱贫了的、住进好房子里的基本都是汉族,一些少数民族在我们生拉硬拽之下倒也脱贫了,现在剩下的这几个是真的难带,基本上都是少数民族。倒不是说少数民族不好,就是他们好像天生就带有一种自我满足感,有口饭吃、有只鸟遛、有口酒喝就可以了,没地方睡觉都没关系。之前我就跟你讲过的,喝醉了倒在马路边、水沟里睡觉的,基本都是还没有脱贫的这几个少数民族贫困户,所以他们也不在乎到底有没有家有没有房子有没有钱什么的,只要自己开心就行了。之前我来到村里的时候,跟村干部去入户调查,到了一个贫困户家,他家是真的太穷了,孩子也没有吃的,我实在不忍心,给了那家男人一百块钱,结果我们前脚刚从下一家出来,就看见他拿着酒瓶子从村头的小卖铺买完酒出来——他拿我给的一百块钱去买酒喝去了!当时给我气的,你说老婆跑了,孩子都吃不上饭了,有钱了不先买点米面粮食,结果人家溜溜的去买酒喝了,真是都没长心!从那以后我就再也不随便给村民钱了。"

我惊讶地问道:"您还会给村民钱?钱从哪来,是您自己的还是公司的?"

邓红说:"对啊,有的时候走访入户,真的有那种好几天都没米下锅的村民了,这个时候能咋办,你又不能说先干两天活发工资就有钱了,只能先给他钱,最起码先把饭吃了。一开始都是我自掏腰包,后来公司领导建议以工代赈,让村民在家门口赚钱,另外再加上刚才说的买酒的事,我就不再随便给他们钱了,但是遇到特别困难的我也会先给一点钱,最起码让他解决饿肚子的问题,然后告诉他们这是预付的工资,让他们明天开始来村委会帮忙干活,如果来了认真干活的,我会再按照以工代赈的标准把剩下的钱给他。这样操作,会有一点强迫,但是没办法,这个是我能想到的既解决眼前问题,又解决以后麻烦的最好办法了。"

听到这里,孙国龙笑着说道:"这回学会了,确实是个好办法!不过以工代赈的办法,愿意来的早都来了,剩下的都是不愿意来的。不愿意来的,又是贫困户的,之前都是我和村干部一趟又一趟地跑,有的时候给人家跑烦了,勉强来个两三天,有的一听是我们来了,门都不开了。这工作做起来是真的难啊!"

看着两位驻村书记一脸的窘迫与惆怅,我突然想到自己之前当老师的场景,看着孩子除了学习干什么都行的模样,真是恨不得能够钻进他的脑袋里把知识一股脑地灌进去。所以看到眼前邓红与孙国龙这般模样,觉得境遇相似,情感上大抵是能够理解的。

作为一个采访调研的"外来人",面对他们的困惑、遇到的问题,即便是理解,但除了一句"慢慢来"之外,我还能说些什么、做些什么呢?恐怕是只有继续提问,挖掘真相,发掘事实,在面对真相与事实的时候,带着凉意的疼痛是必然,但是经历过疼痛,势必也会更加清醒,更加自知。

"那么现在脱贫的人有什么特点呢?"

"大多都是汉族,只有一小部分少数民族。"邓红的思维始终没有离开刚才的讨论——"有什么活他们都抢着干。"

"那他们之前为什么会是贫困户呢?"

"因为懒,不愿意出门打工,也不愿意干重活。公司提供的以工代赈的岗位,都是那种在自家门前就能干活赚钱的好工作,这谁不愿意干啊。"

邓红前后的讲述仿佛有些矛盾,但细细想来,又并不相悖,无非是有能力不愿出力和有好工作就抢着干的关系。

我笑着说："没想到这个贫困山区也有贫富差距啊！"话里带着几分戏谑与嘲讽。

孙国龙重重叹了口气，手撑着膝盖，低下头踩搓着脚下的小石子，发出轻微的"咯噔咯噔"声，像两位书记无奈地叩问。

邓红也笑了，补充道："贫富差距是表面现象，主要是思想的差距。虽说脱贫了的人多少都爱占一点小便宜，但是这也说明人家知道自己现在啥情况，也奔着好日子使劲呢，剩下的没脱贫的，接下来可能真的要抱着走了。"

"抱得动吗？"

"抱不动就和老孙一起抬，抬也要把他们抬到那条红线之上。"说着，邓红把手搭在了孙国龙的肩上，轻快地拍了拍。

他们的身后是一大片傍山梯田，田里种满了白菜，而那片白菜地正是孙国龙农业升级的产物，质朴的村庄环境为衬，看着眼前两个肩负重担但依旧努力微笑的驻村扶贫干部，我竟察觉到了两人之间幽幽的"革命友谊"。

后来回到官房村，在小屋子里整理素材，脑海中总是想起邓红说的那句话，贫穷与富有之间的差距也许真的不是隔着多少财富，而是隔着思维的距离与视野的宽度，这距离与宽度说大不大，但足够一些人用一生时间来跨越。

群山怀抱下的村庄

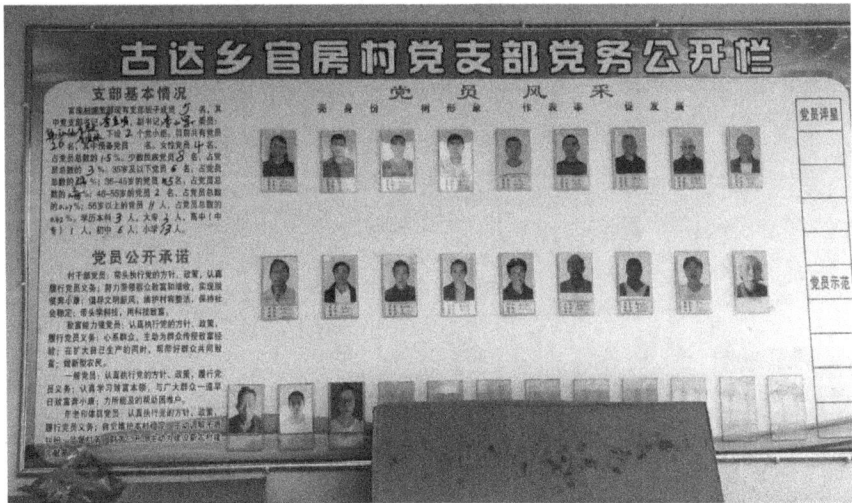

官房村党支部党务公开栏

对调研团队充满好奇的孩子

扶贫村半山腰上的危房

走在水泥马路上的放牛翁

贴在贫苦户家门口的连心图

第二章

苏醒吧！村庄

也许生活里总有一些事情是这样的吧！当时并不一定会真正懂得它的意义，但是就在多年之后的某个黄昏，夕阳恍惚，曾经绞尽脑汁的不知所以然，又都带着全新的思绪翻涌滚来，浪潮更凶猛，水花更清冽……你要相信，很多事，看似没有来由，但在我们看不到的地方，一定有着某种联系。

　　在看清弄懂这种联系之前，尽管向前走下去，别回头，因为答案就在前面。

2020 年 1 月 22 日　被庇护的信仰

今天,邓红清晨 5 点钟左右从官房村出发前往贵阳,参加公司举办的 2020 年度工作报告会议。邓红告诉我其实她也不想这么折腾,但越是临近年关,村里就越是忙碌,一是在外务工的村民陆续返村,二是村里人开始往乡里、县里跑,置办年货,人员流动大了,危险系数也就随之升高。所以年底的那一两个月,邓红总是在村里转悠,打听返村的村民,打听出村的村民,以便做好村民的统筹管理工作。同时,邓红说:"村子虽然穷,但毕竟是过年,家家都图个喜庆乐呵,也会挂灯笼,由于灯笼用的年头太久了,也看不清是什么颜色,还有里面的灯也不亮,就那么朦朦胧胧地挂在门口。"像迷雾中的星星,时隐时现,在大山的深处装点自然,在村民的房前点缀氛围。

所以临近年关的时候,一是留心可疑人员,二是防范火灾成了邓红工作当中的头等大事。但是除此之外,邓红的心里仍然是惴惴不安的,她总觉得一定还有什么隐患是自己没有注意到的,可百般琢磨,也没有想到到底是什么,这样的惴惴不安伴随邓红一个多月,甚至在驱车前往贵阳参加年会的路上,在等红灯或者堵车的闲暇功夫,邓红也还是会暗自琢磨这个问题。

邓红被这种不安折磨得实在忍无可忍,只能以"村里的事情是工作,公司的事情也是工作"为由来安慰自己。邓红说开车前往贵阳的那一路格外疲惫,比连夜驱车去成都买路灯还要累,一方面是因为总在与心中的惴惴不安做斗争,另一方面是因为自从来到官房村,几乎没怎么出过村子,去公司参加年会,心中在充满期待的同时,对村子也存有一份牵挂。因为情绪太过焦虑,精神耗竭的速度也就在不自觉地加快着。

中午的时候,邓红终于抵达贵阳市区,邓红说:"当我把车开进贵阳的市区,看着高楼大厦、看着车水马龙,似乎不认识了这个世界,心中充满了感慨——要是我们村子能发展成这里的一半,不,十分之一也行啊!差距真是太大了!"邓红讲述着,也在感慨着。看着邓红的无限惆怅,也让我想到了自己的一段经历。

还记得我考出村子去镇里上学,觉得镇子好大啊!家里要是能像镇子这样就好了。中考考进市里,去市区上学的第一天,就像打开了新世界的大门,原来楼房还可以这么高,并且还可以是圆形的!要是家里能像市里这样就好了。高考考到北京,初入首都,看着一幢幢耸入云霄的摩天大楼,心中便在感慨,要是家里能像北京这样该多好,哪怕只有北京一半的好!

我们把情感留在了哪里,哪里就变成了牵引风筝的手,而我们就是这手中的风筝,飞得再高,也始终与这双手有着不易察觉的羁绊。我的家乡是我的羁绊,而官房村则是邓红的羁绊。

就这样,邓红带着这份羁绊来到了年会的现场,在现场,邓红讲述了在官房村扶贫过程中的所见所闻所感,言语真切,还附有图片,让现场聆听的领导与同事感动不已,默默流泪。但是邓红不知道,当她站在星光璀璨的舞台上讲述的时候,村庄头顶的夜空,也有几颗流星划过——村民的生命流逝在被酒精麻痹的悄无声息中。

大年初二，由于疫情，邓红紧急返回官房村统筹疫情防控工作。回到村委会，邓红立刻召开疫情防控会议部署工作，会议结束的时候，村干部这才把邓红拉到一边，告诉邓红，她不在的这四天，村里死了三个人，都是因为酒精中毒。村干部知道邓红回公司参加年会、过年回家吃个团圆饭，所以为了让邓红安心开会、安心陪伴家人，村干部并没有及时就告诉邓红这个消息。

而听到这个消息的邓红，心中仿佛有一座万仞山轰然崩塌。那么多天的惴惴不安，那么长时间的思考与猜疑，背后的原因在迷雾中若隐若现，就是不见真相，今日，真相终于浮出水面，而这真相的面容太过残忍，是需要村民用生命去揭晓，而且是三个人的生命！邓红的内心充满了懊恼，也满怀自责。

邓红说她刚来到村里的时候当地的村干部就说过，当地村民嗜酒如命，每天早晨起来要喝酒，午饭、晚饭的时候要喝酒，甚至睡觉之前也要喝酒。当然，对于这里的村民来说，能够这么喝酒的村民也算是节制的了，因为还有一些村民一早起床就喝得酩酊大醉，然后找个地方倒头睡到下午，迷迷糊糊起来后，找个地方再喝，喝得不省人事就随便在哪里睡一觉，这一天的光景便在酒精的麻痹中浑然不知地度过了。邓红刚听说的时候自是不信，"怎么会有这样的人，我觉得村干部是故意夸张地讲给我听，让聊天的氛围更融洽一点，但是当我真正看到这一幕幕的时候，我才明白村干部并没有夸张，甚至说的还很含蓄！"

在村里待久了，村里的大事小情基本摸清了，村民的脾气秉性也大体了解了，邓红这才发现，"这里的村民不仅仅是嗜酒，简直是嗜酒如命！"说这话时，邓红中气十足，充满了不满。邓红说村民喝醉了，就睡在大街上、泥沟里,也不管脏不脏!她见过一对儿小两口,两人都爱喝酒,夫妻俩每天就在村里到处喝酒,喝完了两人彼此搀扶着回家睡觉,"不是有的时候,是有很多的时候,两人喝的实在太多了,一不小心双双栽倒,然后两人就抱着在地上睡觉,真是'不是一家人不进一家门!'年纪轻轻的就开始喝大酒,不求上进,这以后怎么办呢?人家也不愁,反倒把我愁坏了!"邓红一手扶额捋了捋头发,大眼睛中除了对于村民这种嗜酒如命的劣根性不满,也充满了无能为力的无奈。

而在春节期间因为饮酒丧命的三位村民,早已患有肝硬化,"他们每天喝的酒,都是两三块钱一斤的那种,基本都是酒精勾兑出来的,对身体没有一点好处"。

"那您管过吗?"

"当然管过!我跟小卖部的人说过让他进点好酒,还有就是看谁买酒买的太多,就不要卖了,稍微节制一点",邓红说。

"就这样口头说吗?"我问邓红。

邓红点点头,说:"没有别的办法,咱又没有权利不让小卖部卖酒,只能是这么口头跟小卖部的店主打个招呼,人家配合算是给面子,不配合,咱也没辙。还有就是其实我心里也清楚,就算小卖部真地卖了好酒,村里的人也喝不起啊,他们哪有钱买好酒!所以我跟店主说那话是稍微提醒他一下,别卖对身体伤害太大的酒,目前也就只能这样了。喝酒这个事是他们的风俗习惯,真不好改,得慢慢来。"

确实,听邓红这么说,能够理解到她工作的左右为难。突然想到刚刚她说的因为酒精中毒去世的村民,当时正值疫情严防严控期间,于是问邓红是怎么处理的。

邓红说:"当时疫情严重,必须以疫情防控为主,所有婚事推迟,丧事简办,哎,说是简办,但活着的村民都苦哈哈的,哪里会有多余的钱大办丧事呢？ 所以我在简办的后面又加了一句'非直系亲属不得聚集',因为我们这边谁家办丧事,大家都要去参加葬礼的,拿钱、吃饭,这个时候怎么敢一起吃饭啊？ 所以其中两个去世的汉族村民弄得很简单,直接就被亲属埋葬了。"

但是邓红说,另一个去世的村民是苗族人,按照当地苗族的规矩,家中办丧事需要去上一次办过丧事的族人家中请一个鼓回来,因为在苗族人眼中,这个鼓是祭祀用的神物,不能随便拿走,需要酒宴请送,仪式完成后方可把鼓请回家。邓红得知这个消息,赶紧前往请鼓的村民家,并在路上迅速地想着解决办法。邓红说:"疫情期间,防控疫情肯定是首要大事,但是民族的风俗传统又不能给人家破坏了,万一造成村里的民族问题,那也很麻烦啊！我就想,他们最开心的不就是一起喝个酒嘛,我让他们吃这个宴,但是要把人数控制住,再把距离给他们拉开,只能用这种方式尽量避免聚集感染。"

来到村民家,邓红一看,两家男女老少三十多人聚集在一起,邓红赶紧整理了一下口罩,挤到了人群中间,邓红清楚当地苗族村民的生活习惯——通常家中的长辈主事,于是邓红抓住解决问题的主要矛盾,跟同样站在人群中间的两家长者说:"两位,现在疫情严重,全国都在严防严控,不允许大规模聚集,你们看这三十多人聚在这里,这么热闹是不是不合适？ "

存放鼓的村民家的长者说:"哎呀,邓书记呦,这是老祖宗留下来的规矩哦,不能怠慢,这鼓是神物,灵性的很,不能散的。"

"我早都想到他会这么说！"邓红笑着对我说。

"那您接下来怎么办呢？"我迫不及待地问。

"以退为进呗！"邓红淡淡地说出这五个字,但是却有成竹在胸的笃定,看我满脸期待,邓红继续说:"我就接着跟那个人说我尊重咱们民族的规矩和文化,但是我的工作也请你配合下好不好? 老祖宗有说必须要多少人才能把鼓接走吗?"

两位家族长者被邓红这么一问,都怔住了。确实是要有这么个仪式,但是也确实没有说要多少人,更没有规定必须两家所有的人全部到场才可以。

邓红又笑着说:"两位,现在情况特殊,大家互相理解下。"

邓红转身看了看围在周围的两户家属,没有一个人戴口罩,也大多是十八九或二十来岁的小年轻,于是转过头对两家主事的老人说:"你们看,大家都没戴口罩,万一真的有病毒,那不全完了! 如果你们信我,我给你们想个办法行不行?"

过来取鼓的老者说:"邓书记,我们自然是信得过你的,但是规矩是不能破的,这个请送仪式一定要有。"

邓红看了看另一位老者,见他没有反驳什么,赶紧笑着说道:"那是肯定的,这个请送一定有,毕竟是灵物,不能怠慢,既然大家愿意相信我,就让家里的女人和孩子回去,女人抵抗力弱,容易感染病毒,孩子他们还小,在这也做不了什么,无非是看个热闹,这个时候就别看热闹了,你们觉得这样行不?"

两位长者你看看我,我看看你,轻轻点了点头,两家的女眷和孩子同时发出了"喊"的声音,尾音拖得很长,带着看不成热闹的不满与扫兴。女眷带着孩子离开后,邓红看看周围,还有好几个二十多岁的小伙子和大姑娘带着兴奋的表情站在原地,邓红无奈撇嘴,只好自己上阵,挨个指了指,让他们也回家,几个年轻人没动,都看向了各自家中主事的长者,长者看了看邓红,说:"听邓书记的,回去吧!"

邓红看了看剩下的人,两家的几个中年男子,再加上两个长者,一共九个人，邓红的心这才落了地。但依旧面不改色，笑着对两位长者说："谢谢两位配合工作，特殊时期，真的没办法！"说着，转身从随身带着的包里拿出一瓶酒，说："刚才路过小卖部买的，知道咱们这边的规矩是要摆酒宴，一点小心意，给你们助兴。"

两位老者客气地收下酒，邓红说："但还是要提醒你们，喝酒的时候一个人一个杯，吃饭的时候距离要拉开。"周围的人因为收到了酒，心中都在开心着、期待着，所以对于邓红的提醒，也就照单全收了。

尽管结局皆大欢喜，但是邓红却告诉我，其实当时她的心是悬在嗓子眼里的，尤其是看到两家三十多口人都在，心中更是打鼓，"如果当时有一个家属跳出来反驳，其他人跟着你一句我一句地说，就算我再能说，也抵不过三十多张嘴啊！"

"那您当时怎么还一个人去呢？也没有叫上其他村干部一起？"

"当时我一听这事就着急了，没想那么多，就连解决办法都是一边走一边想出来的，再说了，当时疫情防控要紧，其他村干部也都有事情要去处理，所以情急之下，我就自己跑去了！不过好在我们村这些少数民族村民很讲规矩，只要你尊重他们，他们也不会为难你，也都知道我是为他们好。"说话间，邓红跷起了二郎腿，显得优哉游哉，像极了解决问题后的心情。

而对于这个故事中的关键物件——鼓，却一直散发着淡淡的神秘雾气。邓红告诉我这个鼓是几个村寨共用的苗族祭祀物件，附近村寨的苗族村民家谁家有人去世，就去上一家去世的苗族村民家里请鼓过来祭祀，还有长老、法师一起主持仪式，"当时去的时候，看见村民用背篓背着鼓，上面还盖着一件衣服，我掀开衣服看的时候，还吓了一跳，正常鼓面都是光滑的，这个鼓上面都是毛，就是动物的那种皮毛，感觉挺吓人的，很神秘。不过鼓倒是不大，直径不到一米，粗略估计直径也就是八十厘米左右"。

听到邓红这么讲，突然来了兴趣，于是上网查了一下关于苗寨鼓的传统。据资料显示，邓红口中村民请送鼓实际上应叫作请鼓和接鼓，而鼓分为两类，分别是转寨鼓和守家鼓。转寨鼓就是谁家办丧事鼓就存放他家，别户遇丧才去接鼓；守家鼓则由一户专门存放，谁家办丧事用过后都要送回原处。按照邓红描述的经过，当地村民所用的应该是转寨鼓。

当然，如果两户聚集原因一样，那么请鼓、接鼓也都有一套固有的仪式。谁家有人去世需要办丧事，就要派去三人去请鼓，其中必须有一人要吹芦笙，还要提一斤酒到存鼓人家，对主人说明来意，主人把酒奠鼓并交代一番，才放下挂着的鼓并交给请鼓人。在这个过程中，鼓是绝对不能着地的，请鼓人把衣服盖在鼓上后才能背鼓上路。一路上，鼓声、笙声相随不断，背入孝家，吊挂在堂屋中柱上。

网上资料显示如此，与邓红所说基本吻合，只是请鼓、接鼓的仪式中人数与酒祭的方式一个被模糊了，一个变成了两家人的对饮。但是如果参照当地的文化水平以及村民习惯，发生这样的变化也就不足为奇了。

邓红本以为这件事到此为止就算完美地画上了句号，但她没有想到的是，这却为她后期的工作埋下了一个伏笔。

2020年4月，脱贫摘帽的脚步悄悄临近，但是村中还存有个别危房改造的问题，其实这些问题年前基本都能得到解决，只是个别的"钉子户"总是有这样那样的问题，不肯配合邓红工作，只能暂且先搁置。但是时间已经推移到了这个时间节点，拖不得了，必须马上整改危房，该重修的重修，该搬迁的搬迁，邓红拿着剩下的几个未进行危房改造的贫困户名单琢磨着解决办法。就在这个时候，邓红看到了一个熟悉的名字，正是在年初请鼓的苗族村民家的长者，邓红想到之前与他们解决问题还算顺畅，于是决定从这户苗族村民家寻找解决"钉子户"问题的突破口。

　　说干就干，邓红没有半点迟疑，来到苗族村民家，邓红向村民讲明来意，但是苗族村民却紧锁眉头，对邓红说："邓书记，我们不想搬迁，有没有其他办法？"

　　邓红说："你为什么不想搬迁呢？你看你现在住的这个房子，勉强避避风雨，但是很容易坍塌，而且你们家这么多口人，住在这个小房子里多挤啊！"

　　村民说："在这穷山沟沟里住习惯了嘛，不想去别的地方！"

　　邓红很是无奈，凡是"钉子户"都会这么说，一开始邓红信以为真，觉得村民重感情，故土难离，很理解，但是有一次一位村民却道出了事情的真相，村民对邓红说："我们可不往城里搬，一根葱都要钱，活不起哟。"这时邓红才恍然大悟，原来村民之所以不肯搬迁，是因为接受不了乡里面的消费水平。邓红看我点头，说："你是不是觉得可以理解？"我说："对啊，理解，就像我刚到北京上学时，也觉得北京物价水平太高了，消费不起。"没想到邓红开始对我发问："那你怎么办的？"我笑着说："那能怎么办，也不能总跟父母要钱，想花钱自己就做兼职去赚钱咯。"

　　回答完邓红的问题，邓红冲我挑了一下眉，我仿佛突然明白了什么，做出一副恍然大悟的表情，邓红漫不经心地说道："明白了吧？这就是问题的关键所在！"

　　平日里，村民在村里种种自己的一亩三分地，也不需要花费太多的时间和精力，基本上能够自给自足，无非就是家中没有结余。如果家里再有人外出务工，收入来源更多，家里人一般就更不愁。所以平时大家也没有花钱的地方，有钱没钱都一样，慢慢地大家就习惯了这种散漫的生活方式，也就不再想着赚钱工作了。

　　邓红说："像这个苗族村民家有六个孩子，加上大人一共十一口，按照异地搬迁的标准,每人补给二十平方米左右,也就是说如果他们肯搬到乡里,将会得到两百多平方米的房子,按照现有的异地搬迁房的建设标准,是可以得到两套楼房的,如果他们搬过去,稍微挤一点住在一个楼里,往外租一套楼房,按照乡里的租房标准,至少每年多出一万到两万元的稳定收入,只是他们不会往这方面思考,就算明明白白地告诉他们,他们也不去做,就愿意守着现在的老房子过安生的穷哈哈的苦日子。"

我问邓红:"所以您后来怎么办的?"

"还能怎么办,多跑几趟,多做思想工作呗!"

"所以最后还是成功让他们同意搬迁了,对吗?"我根据邓红回答的表情与语气小心翼翼地作着判断。

"嗯,同意搬迁了,不过他们还是给我出了个难题。"说着,邓红整个身子靠到了椅子背上,左脚抬起,用后脚跟抵在椅子的边缘,双手撑着膝盖,显得豪放不羁,自然又洒脱,但是表情却有些气鼓鼓的,语气淡淡地问我:"你还记得我之前跟你讲的他们苗族用的那个鼓吧?"

"当然记得!"

"那个鼓一直在他家呢!他告诉我鼓是几个村寨共用的,自己不能拿走,而且还不能沾地,只要我想办法把这个鼓的问题解决了,他们就同意拆迁搬家!"邓红说完,无奈地叹了口气。

看到邓红这般模样,只得安慰道:"风俗文化咱们得尊重,不过让您来解决这个问题,是不是有点不负责任?"

"那有啥办法,谁让咱'有求'于人家呢!"我敢保证,邓红当时说这话的语气是漫不经心的,没有任何值得玩味的意思,只不过现在写成文字,却充满了讽刺的味道——明明是在为他们谋福利,竟然变成了"有求于人",这样说出来,确实可笑,太过嘲讽。

心疼邓红的"无能为力"，但是更期待邓红的"见招拆招"，毕竟一路走来，邓红所做的每一件事，都要解决无数个琐碎的，甚至都不是问题的问题，于是问邓红："知道您肯定答应了村民的要求，那您是怎么解决的呢？"

"他们那个房子是危房，必须要拆，这点毋庸置疑，他们不是要求这个鼓不能落地嘛，那就把它吊起来呗！我们找人在他家院子的一个角落，盖了一个两米多高的'小塔楼'，四周都是封闭的，就留了一个小门，把这个鼓吊在这个'小塔楼'里面就好了。"

"这样也行？"我感到十分惊讶！

邓红却笑了，说："对啊，这个'塔楼'就在他家院子里，而且吊在里面，一没离户，二没落地，这不所有的条件都满足了嘛！不然也想不出别的办法来了啊！"

我没再说什么，只是摇摇头，抿着嘴，冲邓红竖了一个大拇指。见招拆招，果然还是邓红厉害。

后来，邓红专门带我去看了这个"小塔楼"，我没见过塔楼，所以怎么看也没看出它的塔楼模样，反倒是觉得像极了工厂被封了顶和留了门的小烟囱。但此刻当我把这个故事写出来，心中又无比认同它像一个塔楼，因为恍惚间，这个故事与《塔楼里的珍宝》一书交织重叠在了一起。

邓红的这个"小塔楼"与书中的塔楼一样，都在守护着中国的传统文化，但是比书中塔楼更闪耀的是，邓红的这份守护，肩负着时代责任，更彰显了时代对风俗、文化、信仰、精神力的包容，我相信这个"小塔楼"，会在一个民族的精神疆域中屹立不倒。

2020 年 5 月 20 日　让它亮起来

今天和朋友出去夜游，站在高处俯瞰北京城夜景，被眼前的灯光所迷醉。万家灯火星星点点，串联了北京的温柔夜色。面对此景，除了沉迷陶醉，也让我想到之前看到的一篇文章，更让我想到在扶贫村调研所采访到的有关路灯的故事。

2019 年 2 月 16 日，有网友在网络上发布了一篇名为《中国各地的卫星夜景灯光图，哪里最亮一目了然》的文章，文章里将中国各地的卫星夜景灯光图逐一展示。看着黑色背景中暖黄色的灯光一条条连成线、一块块连成片，在新鲜与新奇之余，也赞叹着暖黄色灯光背景下奋斗着的集体与个人。

抛弃感性的审美与慨叹，从社会学的角度去看，灯光在人类的生活中已不可或缺，从某种角度或者某种意义上讲，它也能客观反映出各地人类活动、城市发展、经济状况等情况。于是带着这样的思考又重新去审视眼前的每一个地区的夜景灯光图，发现江苏、山东、北京、深圳、上海等地的暖黄色是面积最大、延伸最广的，西藏、青海、云南、贵州、内蒙古等地的暖黄色是最稀疏的，甚至有的只是一个小小暖黄色斑点。

如何让这斑点一点点变大，如何让这斑点连成片，与其他省份相接连，一同照亮背后的这片中国大地，似乎还有很长的一段路要走。但是好在，已经有人在行动了。比如我的同事，在官房村驻村扶贫的第一书记邓红。

从高速公路拐下，来到盘山路，七拐八拐十几个弯，大概二十几分钟的路程后，远远就看到一排崭新的路灯。邓红招呼我："元利，你看到那排路灯了吗？"我探头从开车的邓红与副驾驶之间的空隙向前看去，回应道："看到了！"

邓红兴奋地说："这是咱们公司出资给村里安装的，还是太阳能的呢，都不用电。"汽车驶过第一盏路灯，就来到了官房村的地界。邓红并没有停车，就这样，第一盏路灯在我的面前一闪而过，我从车窗向后看去，目光锁定在路灯上的字，但是并没有看清，于是转头开始等待第二盏路灯的到来，以便及时调整目光的焦距，看清路灯上面的文字。

邓红仿佛看出了我的想法，解释道："这盘山路太窄，停车危险，等到了村里我带你们一起看看这些路灯。一到晚上，这些路灯亮起来，村子也跟着亮堂堂的了，虽然不像城市里的霓虹灯那样什么颜色的都有，但看着也还是挺漂亮的，村子亮起来了，人的心也跟着舒坦起来了。"

我说："那肯定啊，环境这么好，灯光稍稍一点缀，就有不一样的感觉。"

邓红肯定了我的说法。开着车，看不清她的表情，但是后视镜里她的眼睛，满含着笑意。

抵达官房村村委会，同行人多，大家都忙乎着整理行囊，村委会的村干部们也忙着张罗着招待我们这些"客人"，便没再提起路灯的事情。趁大家都还在自顾自整理行李的时候，一个转身悄悄溜了出去。村委会的院子里有三盏路灯，分散在不同的方位，但是灯头都朝向村委会大院的内部，不用说便知是村委会用来照明的，但是看着偌大的村委会大院，三盏路灯孤零零地在大院边边与角角上伫立，让我都替路灯感到力不从心。

快步向前走近一盏路灯，这才看清上面的蓝色字样——华能贵诚信托有限公司援建。虽然刚刚来到村里，但是一路的风景好像走过很多岁月，蓦然觉得岁月忽已晚，所以此刻看见公司的名字，竟觉得无比亲切，但是比亲切更加浓厚的情感是自豪。

路灯的后面是一大片田地，里面种满了白菜，初秋季节，白菜长势一片大好，亲切与自豪之感氤氲的氛围中，以路灯为目标看着不远处的白菜地，静静地感受着山间田野的和煦，更感受到了公司的温暖力量正在这大山深处深深地扎着根。

后来，在村里调研工作正式开展，我特意让邓红给我讲述了安装路灯的过程与中间发生的故事。

邓红告诉我，她到官房村的第一个晚上，就已经打算好要为村里安装路灯了。她说："来村里的第一个晚上，心里还是挺兴奋的，怎么也睡不着，就在房间里趴在窗户上向外看，想看看村子的夜景，结果吓了我一跳，黑漆漆的什么也看不见！我心想，这哪行啊，得尽快给村里安装路灯。"

由于村子深度贫穷，村民更是舍不得用电，每家的灯泡都是几瓦的那种，打开灯也都是灰突突的，根本就不亮。有一次邓红与村干部一同走访村民晚归，三人并肩同行，竟然都看不见对方，连个身形都没有。说到这里的时候，邓红还特意拿出手机，说："我当时还录了视频，不信我给你看看。"邓红低头在手机上翻阅了一会，点开一个视频递给我，视频里完全就是黑漆漆的一片，只能听见邓红在招呼同行村干部与村干部回应的声音。我心想如果是不了解情况的也许还会怀疑是故意遮住镜头拍的呢！几秒后，同行的村干部打开手机上的手电筒，借着光亮这才看清旁边的人，三个人根本就是并排而行，但在没有光亮的时候，却完全看不见同行的其他人。

邓红告诉我，在没有安装路灯之前，村子就是这样在伸手不见五指的黑暗中安静度过每一个夜晚。如果说村民想要晚上出来走走，那就只能等到每个月的十五，十五的月亮又大又圆，那个时候借着朦朦月光，这才能看清村里的路况和不远处物体的轮廓。所以大多数情况下，太阳落山后，个别村民会短暂的开一会儿灯，但也很快就会关掉，所有的村民都在黑暗中与夜色面面相觑，除了睡觉，什么也干不了。但是邓红说，面对要夜以继日赶工的脱贫攻坚战，晚上的时间也很宝贵，怎么可以轻易浪费掉！所以安装路灯的事情必须尽快提上日程。

邓红说："我把这个视频发到了公司扶贫办的微信群里，还没等解释情况汇报想法呢，也就一两秒钟的时间，田总就在群里回复我'咱们让它亮起来！'看到田总这么说，我的心也就放下了，然后着手就开始准备路灯安装实施项目书和预算。"

听到这里，我打断了邓红，半疑惑半玩笑地问她："这些东西您来写吗？听起来很麻烦啊。"实际上我真正想问的是："您会弄这些东西吗？"并无恶意，只是觉得邓红不管看上去再怎么年轻，也是要退休的老人了，电脑办公软件更新换代频繁，再加上项目实施策划书需要一定的专业知识，只是担心这两个问题对她来说成为困难，如果在这上面投入很多精力，多少都会显得有些得不偿失。

邓红仿佛立刻会意，缩起下巴，皱着眉头，佯装恼怒实则有些骄傲地说："我可是审计稽核部的，天天跟这些东西打交道，怎么可能不会！年轻的时候做业务，项目策划、报表、合同都是成千上万字的写，来村里做这些还是不成问题的！"

看着邓红满是骄傲地向我解释着，内心也在自我嘲讽问题的拙劣。公司虽为央企，但市场化运作多年，从业务停滞到现在的行业翘楚，十年缔造奇迹,不是偶然,更不是幸运,如果要问为什么,邓红就是一个活生生的答案。

邓红说:"咱公司的工作效率你是知道的,我把申请书和项目方案策划书提交上去,第二天就审批下来了。然后我们就开始张罗着采购路灯。"

采购路灯的时候,周到缜密的邓红突然想到,如果是扯电线的传统路灯,不说布线扯电工程麻烦,以后电费也是个问题,村子本来就穷,看家家户户安的小灯泡都够心酸了,不可能让村民出钱购电,村委会更没钱,平时村干部也都是勒紧裤腰带过日子,也不可能支付这笔对村子来说是巨款的电费,于是邓红当机立断,为村民安装太阳能路灯。虽然路灯造价会高一点,但是不会给村子留下后续的麻烦。

于是邓红与村干部开始分头上网联系路灯厂家,货比三家,力争做到性价比最优。几番比较,邓红与村干部一致认为成都的一个厂家的路灯是性价比最高的,于是与厂家沟通联络,虽然电话里一切都确定好了,但是邓红还是不放心,公司出资是公款,拿着公款要办零风险的事情。而此时的邓红和几位村干部正在乡里开大会,会议结束已经是晚上九点多了。邓红和几位村干部一合计,决定不回村了,直接从乡里出发,开车去成都厂家看路灯,尽早把路灯安上,让村民过上亮堂的生活。

于是晚上十点左右,邓红和两位村干部一起驱车出发,驶向成都。一路上三个人轮换开车,轮换休息,"不夸张地说,真的是一分一秒都没耽搁"。第二天早上六点多抵达了之前联系好的路灯厂家。由于时间太早,厂家还没开门,三人在附近找了一间早餐店,一人一碗面,在热气腾腾中扫去了昨夜风尘仆仆的疲惫。

八点多的时候,路灯厂的厂长来了,远远地就看见大门口的一辆车三个人,心中纳闷,走到跟前一问才知道,正是昨天下午刚刚通过电话的扶贫村村干部们,厂长瞪大眼睛不敢相信地问:"我们不是昨天下午才通过电话的吗? 你们怎么一早就在这里了?"听到邓红解释了前因后果,厂长向三位村干部竖起了大拇哥。

厂长带着邓红和同行的两位村干部参观了工厂和邓红所要购买的路灯,邓红心里是满意的,但是生意人,是要谈钱的,所以邓红依旧是不露声色,故意做出让人捉摸不透的模样。等到一切结束,厂长谈钱的时候,邓红才开口砍价,希望厂长能够再便宜一点。其实邓红心里清楚,这已经是她所了解的路灯当中,价位最低的了,质量上也是上乘,但是邓红还是希望厂长能够再便宜一些,邓红告诉我,她当时的想法是"那个厂长多便宜一点,我们就能多买两盏,村里就能更亮堂点,村民就能多得一点实惠"。厂长看着三位村干部布满血丝的眼睛,一路奔波的倦态,心中不免感动,有些无奈,但又豪爽地说道:"我是真的被你们三位感动了,再给你们便宜点!"报出价格后又补充道:"收你们这个钱基本就是成本价,行了,就当我也为扶贫事业做贡献了吧!"

就这样,邓红以最低的价格,最优的性价比拿下了路灯采购的事情。签署购买合同的时候,邓红还不忘感激厂长,等路灯安装完毕邀请厂长来村参观。

就这样,邓红和两位村干部高高兴兴地踏上了返村之旅。

我一边听着邓红的讲述,一边看着邓红的表情变化,整个过程,说是眉飞色舞都不为过的。尤其讲到最后,低价买到高质量路灯,邓红的语气、表情中满满的都是骄傲与激动,所以我也完全可以想见三人当时在回村路上的那股子兴奋劲,就像是横扫千军万马后凯旋的将领。

于是,顺着这股子劲问邓红:"当时心里什么感受?"

"兴奋,特别开心,就好像是这个路灯都安装完了似的,毕竟迈出了第一步,解决了外部的问题,接下来回到村子,村子里自己的事情,只要大家心往一处想,劲往一处使,也就没啥困难了。尽管知道这只是自己'万里长征'的第一步,但是还是压抑不住心里的兴奋劲,还有一起去的谢主席、刘老师也都很开心。"说完,邓红明显收敛了表情与情绪,说:"当时光顾着高兴了,没觉得怎么样,但是现在想想,怎么感觉还有点跟没见过世面似的?"说着,邓红竟然还在开心中流露出了一点不好意思。

我笑笑,心想:可能是因为面对我的缘故吧!在来村里的路上,邓红就对我说:"没想到你才这么小,之前电话沟通感觉你说话很得体,也很老练,见你第一眼的时候,我还真懵了一下。"

而之前在与邓红沟通的时候,一心想要挖掘故事,想要探寻事实,目的性极强,自然不能达到共情的状态,所以在提问交流中难免略带不苟的严肃。但现在听邓红这么说,赶紧嬉笑的找补回来:"很理解,毕竟这是您来到村子里做的第一项工程,万事开头难,您这开头这么顺利,这么成功,当然要高兴,如果是我,估计得兴奋得好几天都睡不着觉了!"

"真是那么回事,在来之前就想着在村子里要好好干,最起码不能给咱公司丢人,所以这第一件大事,还是要干得漂漂亮亮的,还是很有压力的。"

"那可是呗,那么辛苦,多不容易。"

来来回回,慢慢开启了拉家常的对话模式与沟通状态,心中也在暗暗庆幸,如果这样能让邓红更松弛些,也挺好。于是趁着邓红心理防线逐渐薄弱,赶紧继续路灯故事的下一篇章。

回到村里,邓红就开始和村干部发布招工启事,因为按照公司的要求,村子里的工程用工,应尽量向村民倾斜,让村民在家门口赚钱,以工代赈,以此提高村民的收入。在与村干部商议后,邓红决定给参与施工的村民每人每天80元的劳动报酬,这对于村里的村民来说,无疑是一笔不小的收入,但是考虑当地村民的身体状况,也为报名人员做了"年龄不得超过六十岁"的设限。邓红开心地将招工启事发布出去,心里盘算着村民的"一呼百应"。但是令她意外的是,招工启事贴出去两天了,前来报名的村民却寥寥无几,而前来报名的村民,大多也是生活上相对宽裕一点的,这下邓红坐不住了,决定亲自去动员招工。

邓红说,她去动员的时候,特意问了一些村民为什么不报名,结果村民却告诉邓红自己什么也不缺,不想去挨累。说到这的时候,邓红一手掐着腰,一手扶着额头胡乱地向后捋了捋头发。邓红解释道:"他们所说的什么也不缺,是指有红薯吃、有酒喝、有遛鸟这样就可以了,咱也不知道他们哪来的那么高的幸福指数。"话毕,随即一个白眼,道出了邓红当时的一切心理活动。

但是好在村民都比较信任邓红,用邓红的话说,就是"大家都还挺给我面子,我去劝一劝,做做思想工作,第二天就来报名了"。

在邓红的几番动员下,招工报名表上的名字写满了一整页。但是在欣慰的同时,邓红也发现了问题——有些报名的并不是本村村民,还有一些村民年龄已经超过六十岁了。但更大的问题是这些人都是村干部的亲属。尽管当时邓红很气愤,但她还是压抑住了心中的不满,毕竟刚入村不久,很多事情都还需要村干部的指引与帮助,除了好好做工作之外,也要团结好身边的村干部,大家心往一处想、劲往一处使才能更好地解决村里的问题。

"所以您就睁一只眼闭一只眼了？"

"那肯定不能啊,规矩还是要有的,说实话,咱们来这边是做事的,首先想的是把事情做好,不能让公司花冤枉钱,更不能花着钱还让村民戳脊梁骨,咱们公司来扶贫,钱都是自己出,也不求谁,我倒是也不怕得罪人,但还是要为大局考虑。"

于是邓红看着报名表,从早上九点多一直研究到午饭时间,根据报名者的年龄特点和报名顺序,邓红心生一计,立刻召集村干部公布了用工办法——为了保障工程进度,年轻力壮者优先,所以年龄在22~40岁之间的村民优先录用,在此年龄段范围内的村民,按照报名顺序和实际用工需求逐一录用。就这样,邓红成功规避了前来报名的"关系户"。

我问邓红:"那会不会也有一小部分想干活的村民也被您拒之门外了呢?"

"有肯定会有,有身体不好的,确实也不适合过来干这个活,我会想办法找一些别的活安排给他们,但基本上保证了大多数村民的利益。"

"那村干部没有找您私下说情吗?"

邓红笑着说:"还真没有,可能也是我刚来,他们还没摸清我的脾气秉性,也不太熟悉我的做事风格,没有敢来冒冒失失说情的。再说了,怎么回事大家心里都清楚,心里有鬼的怎么好意思再来找我呢?"

我在心中为邓红的做事方法鼓掌称赞着,刚准备张口说几句讥讽的话,但这时邓红却低下了眉眼,语气变得深沉,幽幽地说道:"其实换个角度想想,那些偷偷报名的人也很可怜的,你说都六十多岁的人了,还来抢着干这重活,要不是真的没钱,谁愿意来啊。还有那个外村的人,他也是我们一个村干部的亲戚,后来我才知道,人家要来我们村,得翻两座山,你说这么辛苦费劲,就为了那八十块钱,这么想想,也觉得心酸,都不容易!"

听到邓红这么说,我的脸瞬间发了烧,涨得难受,只是干干的张了张嘴,尴尬地笑了笑,说:"邓红姐心态真好,也太善良了。"

邓红莞尔一笑,说:"到了我这个年纪,都'佛'了,看问题没那么尖锐了。不像你们年轻人,意气风发的。"

尽管这样,但是在路灯施工前,好脾气的邓红还是发了火。

路灯到位,人员到位,一切准备就绪,邓红与村干部开会商量路灯建设问题,有村干部提议先给自己家门口安一盏,邓红不允,结果村干部又接着提出从村尾开始安装,最后安装到村头,也就是我们开车进村看到的第一盏路灯那里。

听到这里,邓红实在忍不住了,生气地说道:"你是什么身份自己不清楚吗? 你是村干部! 怎么能只想着自己呢?"

村干部倒不恼怒, 笑嘻嘻地说:"我这不是想提前感受下嘛! 太激动了。"

"从村头安装到你家,按照工期计划,就是三四天的事,你还差这三四天吗? 如果真从你家开始安装,村民怎么想,他们以后怎么说你? 怎么说我? 怎么说我们公司? 涉及全村村民的事情,你能不能先把自己放一放。再说句实在点的,我这么尽力把事情做得公平公正,是帮谁呢? 我觉得这个安灯的事情不用商量了,就按照之前定好的点,从村头开始,一盏一盏安装到村尾,安到哪里是哪里,嫌慢就出来卖力干活!"说完,邓红转身就离开了会议室。

邓红在讲述这一段的时候,语气平稳,情绪并无波澜,但就是这种沉静的讲述, 让我能够更进一步感受到邓红从身体中散发出来的幽幽力量,虽然沉静,但是静水流深,内力雄厚。

就这样,邓红强势拍板,掷地有声。路灯修建工程如期启动。除了灯内线路的技术问题邓红请来外面专业的技术工人,其余工程全部由村民协作完成,邓红计划用一个月的时间完成路灯的建设,但实际上只用了十天左右的时间。邓红说工程之所以能这么顺利,比原计划还提早这么多天,完全是因为村民的团结一致。而这也让邓红看到了未来工作的希望,"只要把村民们的力量拧成一股绳,没有什么做不成的事,以前穷都是过去的事情了,新时代我们官房村干部和村民团结一致定会有新面貌!"看着眼前的邓红,我仿佛看到了她撸起袖子与村民肩并肩臂挽臂加油干事的画面。据不完全统计，这个项目为村民收入增加五万余元。

邓红说路灯亮起来的那天晚上，天还没黑，就有村民在路灯下等着看灯亮，路灯正式亮起来的时候，邓红没有举行什么仪式，而是一个人在村委会的宿舍写工作报告，但是在路灯亮起来的那一刻，她听到了掌声，听到了欢呼声，还有小孩子兴奋的尖叫声。或许对于邓红来讲，完成一件事后的仪式感并不重要，但此刻她所听到的声音是如此真切而生动，这就是对邓红最好的仪式。

第二天，邓红在路上遇到了一位八十多岁的老人，老人是村子的老支书，他握着邓红的手说："邓书记啊，辛苦你啦！你们公司又拿钱又出人的，讲心里话啊，真的要讲共产党好啊，没有共产党谁会在我们这里修路灯啊，我们从国民党时就过来了，我们就晓得共产党好，晓得共产党好到个啥程度，我这一辈子都没见到过路灯，共产党给我们安上了，就为了这个路灯我也得好好多活几年，好好感受下幸福的生活"。

在官房村采访调研的时候，我晚上也会在村委会周边走一走，感受下村子里路灯的光芒，但是见到更多的，是路灯下嬉闹的孩子、放声笑谈家长里短的妇人以及光着膀子坐在小板凳围成一圈对饮的豪迈男人。

四周的大山依旧在黑暗中默不作声地沉寂着，但村庄却开始了喧闹，烟火气在路灯的照耀下尽情地翻飞着、飘舞着。又想起之前田总发给邓红的那句话——咱们让它亮起来！

是啊！路灯亮了，这夜就活过来了，村庄也就生动起来了。

2020 年 6 月 13 日　要想富，先修路！

今天在整理调研材料的时候，突然想到一句话："要想富，先修路！"

这句话是谁说的，何时兴起的，已经无从考证。但是现在，很多贫困山区依然笃信着这句话，想富起来，一定要先修路，先让交通活起来，人流动起来，产物能出、人才能进，这样才能带动当地的经济发展。这样想来，确实是有道理的。

而说到修路，很久之前的一次采访，依然让我记忆深刻。

还记得那是 2013 年我刚上大学之初，从系里借来相机，带着老师的课题任务趁着寒假回到家乡，带着青年理想主义的倔强，带着初触新闻的理想，开启了返乡的调研之旅。回到家乡，我采访了很多从家乡走出去的大学生，希望他们和我一样，能够带着"外面"的视野回过头来审视家乡的发展。

而现在回过头来了审视当时的我，审视当时如我一样返乡的大学生，才恍然惊觉：很多时候，爱，真的是决绝的批判。

就像在那次采访中，印象最深的是我初中的一位女同学的一段话，她说："告诉你吧，就咱家这个地方，是发展不起来的！铁路就那么一条，飞机连个影都没有,就连镇里的那条主大道都每年扒每年修,偷工减料,连交通设施都建设不好的地方是不可能有大发展的。"

这个女生本就带着点慵懒淡漠的气质,再加上这么一大段话没有任何情感起伏的淡淡流淌出来,竟有一种肃穆之中银针落地之感。大音希声、大象无形的气魄扑面而来。

七年过去了,家里的交通还是没有什么实质性的改变,镇里的主大道依旧是每年翻修。去年夏天回家,碰巧又在翻修,爸爸去车站接我,还特意绕路带我去看了一眼。调转车头准备回家的时候,没忍住又回头多看了两眼那被翻修得"兵荒马乱"的水泥路,脑海里就又想起了那位女同学的话,心中赞叹女同学的一语成谶,但也哀叹家乡的未来。

一个小镇,唯一的一条主大道,每年都在不停翻修,所以每年总有几个月,小镇的交通是瘫痪的。但是瘫痪的真的只有交通吗?看着行人路过正在翻修的马路时的漠然表情,看着疾驰至此的汽车戛然而止转向掉头,看着工人坐在树荫下茫然地看着眼前的"废墟"……瘫痪的更是小镇的灵魂吧!不得不承认,这条路,确实承载了小镇灵魂深处的热闹与静谧。

一条路,对当地的发展到底有多大的作用?我似乎从邓红那里得到了答案。

邓红说她刚来到官房村了解完情况之后,心里最想做的两件事就是安装路灯和修路。"把这两件事完成后,村民是可以永久受益的。"

我问邓红:"这个受益主要表现在哪些方面呢?"

邓红不假思索地说:"路修好了,村里的经济就能上来了啊,大家就可以出去卖农产品了,外面的人也可以进来建设村庄了。"

跟我想的一样,我点点头,没有说话,但心中仍存有疑问,但看着弯弯曲曲的道路,还有在上面行走的村民,以及眼前满脸兴奋的邓红,还是决定不再质疑，也不再提问。很多时候，"想"是另一个维度的事实，但是在当下的事实，还需要一个又一个的故事慢慢串联起来，在时间的推移中去慢慢探寻与考证。

有一天，邓红走访村民结束已经很晚了，下午一场大雨让没有路灯又凹凸不平的地面更加泥泞难行，在泥泞中深一脚浅一脚的邓红心想："不着急，慢慢走，千万别掉进泥沟里。"结果，心里的话音刚落，左脚一下就被"咬"住了——邓红的半条腿陷进了泥里。在路过的村民的帮助下，邓红花了好大力气才把腿拔出来。回到村委会，邓红坐在刚刚装修好的卫生间冲洗，看着脏了半截的裤子和满是泥水的鞋子、袜子，一股又一股的恶臭味侵入邓红的鼻腔，邓红越想越恼，于是，埋在心中要修路的种子便在不经意间快速生根发芽了。

邓红告诉我，但这并不是她加速推进修路项目落实的真正原因。真正让邓红不顾一切立即修路的是有一次她去走访村民，看见两个四五岁的娃娃光着脚在家门口的泥地里打闹。原本邓红并没有在意，因为这边很多孩子都没有鞋穿，或者只有一双鞋，平时不舍得穿，她对孩子光着脚丫满街乱跑已经见怪不怪了。另外眼前的这两个孩子又是在泥地里，想必也有可能是为了不让鞋沾上泥水而故意没有穿。但是当邓红走近才发现，两个孩子的脚背除了脏兮兮的泥水，还有结痂与红肿。邓红心疼地问她们是怎么弄的，通过她们的介绍，邓红分析是因为被泥巴里的粪便发酵烧的。

邓红顺着女孩指着的方向看过去，一个及腰的粪便堆就在孩子家门口的不远处，由于刚下过雨，泥和粪便混在一起，黄色的水汤从粪便堆脚下正向女孩家门口缓慢地流淌着，待流淌到孩子们脚下的时候，黄色的粪水已经变成了黑色，与泥水完全融为了一体。

邓红说她看着这一幕胃里翻江倒海，但是想到两个孩子的小脚，心里充满了心疼与怜惜,"她们的年龄跟我孙女差不多,我一下就想到了我的小孙女"。所以也就是这个时候,邓红下定决心,必须立即推进修路项目!

邓红回到村委会,立刻起草预算报告,这才发现,自己还不清楚路该怎么修,修多宽多厚,用什么料,上哪里采购……一大堆现实问题摆在了邓红面前。这让邓红意识到:在村里做事,不仅需要一腔热血,还要充分谋划做好准备。

于是邓红召集村干部开始商量部署,并翻阅相关政策与资料,查找山区、贫困村修路的案例与典范。了解清楚后,邓红这才发现,自己所决心要修建的路,和平日里见到的高速公路和柏油马路根本就是两码事,在这里要修的路,分为两种,一种是通组路,另外一种是连户路。

邓红告诉我,所谓通组路就是连接村里各组的道路。村子受地形影响,并不是全部聚集在一起的,而是根据地形,这边十几户聚集在一起,那边二十几户的聚集在一起,为了便于管理,又把村子里面分散在不同地方的居民分成小组,一组、二组这样管理起来也方便。通组路的目的就是要把村子里分散的村民组连接起来,让组与组之间畅通无阻。通组路修建的具体要求是路宽 3.5 米,厚 23 厘米,其中混凝土 15 厘米、碎石垫层 8 厘米。

而连户路顾名思义就是连通每一户村民的小路,小路铺设在村民房屋的门口,弯弯曲曲地勾连着村民小院与村里的主路。邓红说还是由于地形地势的关系,百分之九十以上的村民出门就要面对一个大陡坡,晴天还好,阴雨天坡陡路滑,很多村民都会栽跟头,轻的擦破个皮,严重的都会有骨折甚至丧命的,所以连户路就是为了解决这些问题,专门为每户村民修建的。连户路的规格具体要求是宽 1 米,厚度不低于 10 厘米。

邓红本以为这就可以了,但是有村干部提醒,下面还有一部分,邓红翻页才看到,政策文件还有一项要求是院坝硬化工程。院坝硬化是为村民家门口修建 20 平方米左右的水泥地面,一般院坝硬化是与道路相连的,这样村民只要不下地干活,基本是能够保证村民脚下不沾泥的。

通组路、连户路、院坝硬化整体的施工要求是:通组路路面用块石垫底,逐层碎石垫层 8 厘米,连户路和院坝碎石垫层 5 厘米,再用 C20 号水泥砂浆硬化。水泥标号技术参数 50 号为 1：6,100 号为 1：4.4,150 号为 1：3.4,200 号为 1：2.6⋯⋯

听着邓红的科普,我大脑一片凌乱,仿佛被什么充满,但感觉也像空空如也。问邓红:"您是工科出身吗？这些都懂？"

邓红得意地笑着说:"哎哟,当然不是,但是文件的硬要求嘛,又是自己一心想做的事情,当然要事无巨细地记下来。"说着,邓红向我探探身子,在耳边悄悄说道:"虽然包给了村里的施工队,但是买这些东西我都得跟着,跟卖家说要求,还得讲价,一个是怕被糊弄,另一个是咱公司的钱赚的也不容易啊,领导信得过我,把钱拨下来,每一分都得花到刀刃上,不然我这心里也不安生啊。"

说完,邓红收回身子,冲我吐了一下舌头。

一个 55 岁的人,说这话做这个表情,竟然那么自然,反倒感受到了邓红身上汹涌澎湃的热情。

邓红说这话我完全相信,因为之前邓红去北京就干过类似的事情。

2019 年 11 月初,资本公司举办道德讲堂,请邓红来北京分享扶贫故事,由于第二天一早要赶在活动正式开始前进行最终彩排,大家都要起早奔赴现场。很多外地赶来的同事都在酒店简单吃一口早餐就来了,但是邓红却是来公司点的早餐,问邓红为什么没在酒店吃,邓红竟然有点委屈地说:"一个早餐就要 59 块钱,太贵了,我真舍不得。"说完,邓红看看大家的反应,又补充道:"要是在以前,我可能就在酒店吃了,但是在村里待的时间长了,就变成了一个农村小老太太,觉得太贵了,还是来公司吃点吧。"

周围的同事都被邓红逗笑了,我也笑了。

由于一会儿要上台,邓红穿得很是漂亮光彩,还化了淡妆,整个人都是闪闪亮亮的。但是远远地看着邓红,心里还是觉得感慨——去扶贫村扶贫的邓红,又何尝不是在被扶贫村扶持着,当然,或许邓红本来就是这样的。

所以当邓红跟我说要把钱花在刀刃上的时候,我一点都不觉得刻意,反而眯起眼睛细细打量邓红,觉得眼前的光景颇有几分熟稔。

就这样,官房村开始正式修建水泥路,进行院坝硬化工程。但哪里有事情一帆风顺,邓红的修路工程也一样。在前期测量做预算的时候,邓红就遇到了麻烦。由于村里少部分村民思想传统保守,领地意识强烈,坚决不让邓红去家里的院子和门前的小路测量,甚至把家里的垃圾、家具拿出来堵住邓红的路,不让邓红靠近。这让邓红十分苦恼,但也充满了疑惑——在村民家门口修路是惠民的事情啊,怎么就不让修呢?几番僵持,邓红终于忍不住发起火来,吼道:"好! 不修就不修,但你给我个理由。"

邓红说村民的理由让她啼笑皆非——这路是大家的,又不只是我家门口的。邓红当场无语,再也没有心思去和村民做思想工作了。

听到这个答案,我竟也觉得丈二的和尚,这都是什么跟什么啊!站在邓红的立场咕哝了几句,继续问邓红"那您怎么办?"

邓红拍着大腿,瞪大眼睛说:"我能怎么办?不修就不修!"此时的邓红,虽然言语中依旧充满恼火,带着抱怨,但是能够清晰地感受到,此时的邓红,已经没有当时的,或者是最初的那股怒气了,所有的抱怨与恼火,也不过是面对我时的真实吐露,当她转身面对她的村民时,依旧是亲和的、善解人意的。

"不过我心里有数。"随后邓红又跟我补充了一句。

　　我被这句话弄得有点不知所措，也不知道邓红心中的"数"是什么，但是看到邓红的神情，一切似乎都有答案。

　　预算做好，审批通过，材料备齐，万事俱备！

　　但是公司在审批中多加了一条以工代赈的内容，也就是说修路的人必须全部都是村里人，不能从外面请包工队的人来施工，要把施工的钱发给村民，让村民以工代赈，在家门口就能赚钱。邓红心想这决策太英明了。回村立即召开村干部会议，向大家宣布了这个消息。

　　决策是好的，但问题是村民不会修路，更不懂修路，只能干力工的活，技术问题怎么解决呢？正在邓红犯难的时候，有村干部提醒她，村里有一位之前参与过工程建设的村民，可以让他试试。于是邓红把他请来担任修路工程负责人，带着全村村民修路，专业上的问题算是得到了解决，接下来就是埋头干了。

　　邓红在讲述修路前跌宕起伏的经历时，时而充满激情，时而带着恼火，但更多的还是骄傲。尤其是讲到当自己下定决心修路之后，和村干部顶着大太阳去量尺寸、测算面积的时候，她语气轻快灵动，充满了自豪感。邓红说由于地面凹凸不平，连个尺子都放不平，她和其他村干部就坡上坡下地跑，是真的辛苦。但也是在这辛苦中，她感觉自己和村干部磨合得越来越好，越来越有默契，感觉有了点团队的模样。

　　邓红说，在修路的过程中，一切都还算顺利，但是也有让人窝心的事情发生，比如有的村民搬迁进了新房，还没有拆的危房前也要修路，一连两三天来找邓红理论；比如有的村民家门前垃圾堆积如山，知道要在家门口修路肯定会帮忙清理，干脆置之不理，邓红不仅要给村民家门前修路，还要帮助村民清理家门前的垃圾……邓红在讲述村民无理取闹的时候感情总是特别投入，有些气喘吁吁，有些愤懑与责怪，甚至可以感受到她"上头"的那种感觉,但是好在,大多数村民都是淳朴的,即使对于很多事情不能立刻理解,但是只要讲清楚说明白,也都给予了邓红一定的支持与肯定。

邓红说,在修路的过程中,除了几个村民的不理解不配合,其实收获更多的还是来自村民质朴的感恩与真诚的感激。有的村民上了年纪,不能干重活,于是提前几天就开始一点一点整理家门前和院子里的垃圾,还有很多参与工程的村民都表示不要钱,都说修路是造福自己的事情,不能再收钱了……村里人仍旧是质朴简单的。

最有意思的是,有一家村民为了感激邓红,特意去乡里买了一只小羊羔送给邓红,邓红作为驻村扶贫干部肯定是不能收的,村民看邓红态度坚决,于是就决定把羊杀了做顿好饭,但是恰逢邓红第二天要去县城查拨款情况,回来又要继续跟着工程队干活,一来二去,这顿"好饭"一直拖延了三个多月,而村民无奈只能一直养着那只小羊羔。后来,据邓红所说,那只小羊羔都已经从小腿肚那么高长到成年大腿的高度了。

说到这里的时候,邓红自己也哈哈笑了起来,她说:"你看元利,村里这些人多逗啊,虽然环境是艰苦了点,但是就这么干下去,肯定会彻底改变的,我自己也觉得都还挺好的呢。"

我问邓红:"现在路修好了,您感觉怎么样?"

邓红依旧一脸兴奋地说:"很好啊,现在大家出门都方便了,以前娃娃们上学都是徒步走出村的,现在车子能开进村里接娃娃们;以前要想去县城买点东西,特别费劲,现在去只要跟人约好,坐车一起去就可以了。比以前方便太多了,之前有个报社的过来采访,听我讲完村里的情况,他给总结的是'晴天一身灰,雨天一身泥',现在灰和泥都没有了,多好,村民们都很高兴。"

"那您觉得修路给村民带来了什么?"

邓红又是不假思索地说道："给村民带了极大的便利啊，而且我觉得修完这条路，村民的幸福感真的增加了好多。"

我看着邓红笑了，挑了一下眉毛，邓红反应真快，赶紧补充道："也是因为这路刚修好没多久吧，短期内还看不到经济方面的改善与增长，但是我相信，慢慢地，这条路会成为连接村内村外的梦想之桥，成为村子发展的经济大动脉。"

是啊，我也相信！即使这条路没有带动太多经济方面的增长，但是能为村民带来幸福感，也是一件无比珍贵的事情。

这时我突然想到之前在家乡采访过的那位女同学，还记得她认真又淡漠地说连路都修不好的地方，别指望它有啥发展。这时我才恍然明白，自己当时是多么狭隘地误解了女同学关于"发展"的概念，当时一心只是想着经济上的增长，却没有想到生活在小镇里居民幸福生活的发展。

经济发展很重要，它的进步代表着一个区域内人们生存的物质水平的高度，但是一个区域内居民们的幸福指数，是不是也很重要？因为幸福指数，从某个层面与维度上来讲，很有可能也是衡量文明程度的重要元素与标准。

尽管家乡的路一直没修好，尽管家乡的人幸福指数也没多么高，但是我仍然清晰记得在采访的最后，女同学对我说的那番话："现在是学习奋斗的年纪，要出去学习、长见识，要让自己茁壮成长，等到老的那一天，我还是愿意回到这里来，悠闲地过日子，尽管这个破地儿这不好那不好的，但是没办法，谁让这就是家乡呢！"

话音在脑海里盘旋，言犹在耳，仿若昨日。是的啊，一个地方的好坏可能很多时候不由己，但是爱一个地方，好坏都清楚，但是很多时候，也不由己。

就这样,我一边听着邓红的讲述,一边时不时想起那个女同学的话,跟邓红走在乡间的小路上,听着她讲述对村子未来发展的展望,看着她对村子充满希望的期待,也跟着邓红的讲述间歇地想着自己家乡的发展与未来出路。就这样,一路上,上坡时,我们一起气喘吁吁,下坡时,我们一并健步如飞,来来回回,充满着别样乐趣,在这乐趣之上,更感受到了乡村小镇未来发展的希望以及无限的动力所在。

2020年5月份,按照年前计划,此时我应该在扶贫村做第三阶段的调研采访,但是由于疫情,只好将计划搁浅。但是也常会与邓红、孙国龙电话沟通村子的发展情况。5月22日的时候,公司党委书记、董事长田军去调研验收扶贫阶段成果,对邓红与孙国龙的扶贫成绩给予充分肯定。

但是在官房村,恨不得走遍全村的田总仍然发现有些村民门前没有通组路、连户路、院坝硬化,问及邓红,邓红实话实说。不过话音一转,邓红把我不知道的后续讲了出来。

前期配合修路的村民家门口的通组路、连户路、院坝硬化等工程都已经竣工,整个村庄焕然一新,之前没有配合修路进行院坝硬化的村民觉得吃了亏,心有不甘,纷纷来到村委会找到邓红,希望邓红能够把自己家门前的路也修一修,院坝也给打成水泥面。

听邓红在电话里这么说,只觉实在太过荒唐,一开始明明是自己拒绝的,现在又怎么好意思来找邓红说这样的话?太离谱!我都为邓红而感到气愤。于是问邓红:"那您咋办的?"

邓红说:"那能咋办,修肯定是要修的,这是我的任务,也是公司扶贫的硬指标。再说了,我来这边也不是跟他们赌气的,村民既然提出来了,该修的还是要修。正好田总前两天来了,几乎把村里走了个遍,没修的也让赶紧给人家修了,我这边尽快提交预算给公司审批就好啦。"

虽然这些事邓红是在电话里告诉我的,但是我却能够想象得到如果她在我面前会是怎样的表情与动作。

听邓红这么说,我也不好再说什么,于是安抚邓红:"辛苦邓红姐了,在村里不容易,有些村民也不省心……"

话还没说完,就被邓红打断了:"哎哟,这算啥不省心,他们这点想法,我心里明镜的呢,都有数,其实我都猜到他们后期会再来找我的,只不过是早晚的问题。"

说完,邓红还是骄傲地笑着,开朗地笑着。

这话听着耳熟,越想越熟悉,这才突然意识到,当时我在村子里调研的时候,邓红在讲述修路的时候就跟我说过这句话,当时她说的是:"我心里都有数。"当时听这话的时候,心里还在莫名其妙地想邓红心里有什么数啊？只是没有问出口。

没想到,在我即将遗忘的时候,它竟又自己跳了出来,并带着答案。恍然间才明白了两件事:

第一件是田总在动员会之初所提到的,驻村干部要有一定的生活、社会阅历,能扛摔打,得禁得住锤炼。

第二件是邓红说她心里有数,这个数到底是什么。此刻的答案,也是显而易见。

也许生活里总有一些事情是这样的吧！当时并不一定会真正懂得它的意义,但是就在多年之后的某个黄昏,夕阳恍惚,曾经绞尽脑汁的不知所以然,又都带着全新的思绪翻涌滚来,浪潮更凶猛,水花更清爽,比如女同学所谓的发展,比如邓红的心里有数,比如田总的选人标准……你要相信,很多事,看似没有来由,但在我们看不到的地方,一定有着某种联系。

在看清弄懂这种联系之前,尽管向前走下去,别回头,因为答案就在前面。就像邓红看待这条路——此刻还见不到什么经济效应,但是就让它走下去吧,会有见到成效的那一天,即使直到最后最开始的初衷都没有实现,但它一定也在其他的方面发挥了它应有的作用,贡献了应有的价值。

要想富,先修路,是对的! 只是关于这个"富"的理解,需要更开阔一些,它并不只是物质上的富足,精神层面的满足感又何尝不是另一种富足呢?

华能贵诚信托公司董事长田军调研扶贫村
（前排左为赫章县县长胡海、中间为公司董事长田军、右为邓红）

华能贵诚信托公司总经理孙磊深入贫困户慰问

光脚在门前玩耍的小孩

观看修建路灯的少女

在修建水泥路面前铺设碎石

在路灯下聚会聊天的村民

第三章

闪闪星光

农村孩子在面对社会的快步疾行时，常表现出茫然与无措，在飞扬的尘土与颠簸的变迁中挨饿、受冻、没钱读书，甚至从小就要被迫靠偷盗才能维持生计。现实在他们童年的生活中深深打上了贫瘠的烙印。但谢天谢地，值得庆幸的是很多农村小孩的世界并没有因为物质的匮乏而变得晦暗不明，相反，很多农村小孩的童年是五彩斑斓的——蓝天绿水，碧树红花，大自然似乎把所有的美好都馈赠给了农村小孩，让农村小孩的童年时光是如此地多姿多彩。

2019 年 12 月 3 日　游乐园

今天我和一群小孩子做游戏,开怀大笑,仿佛回到了儿时,在快乐之余,我发现这里的孩子和我童年时一样,极其缺少娱乐休闲场所和器械。

早在 2013 年的时候,清华大学博士生导师胡荣华教授在其《青年工作及休闲娱乐方式研究——以 spss 为工具》一文中明确提出社会应结合青年的个性特点和全面发展的需要,建立起一整套完善的教育管理和组织引导机制,帮助青年树立正确的休闲娱乐价值观,提高青年必要的休闲娱乐活动能力,引导青年多参与积极健康的休闲娱乐活动,丰富青年的休闲娱乐活动内容和方式,促进社会青年的全面和谐发展。

由此可见,城市教育体系已经向校外的娱乐时间与活动延伸。教育体系"触手"的延伸迅速得到落实,线上的学习网站与平台、线下的娱乐场所与设施,近些年如雨后春笋般崭露头角。这种科学的、体系完整的且充满个性化的培育系统让生活在城市的青少年在成长的道路上得到了更多的保障,也让城市当中的青少年休闲娱乐的美好时光拥有了更丰富的内容和选择。

但是相比之下,生活在农村的青少年,他们的娱乐时间与活动就显得单调且匮乏，一天除了上学、睡觉、干农活，似乎并没有太多的时间进行有益的休闲娱乐活动，就更别提如城市所提倡的那种科学、系统、充满个性化的休闲娱乐培训体系了——农村青少年的所有娱乐活动，都深深扎根于泥土之中，那种天然无饰的玩耍嬉闹，有的时候，甚至近乎野性。

而在我所调研的官房村，由于得到公司的帮扶，孩子的"野性"多少都得到了一定程度的收敛，他们像裸露了半边根系的小草，一边在风中肆意摇曳一边又小心翼翼紧紧地贴紧地面。在这个村子里，村委会就是孩子们所有娱乐内容与项目的平台，而在这个平台上，他们所有的游戏与活动又都在"野性"与"文明"的交织和融合中翻腾沉浮。

村委会大院

官房村的村委会是一座三层小楼，周围用青漆钢丝网圈围着，钢丝网并没有什么防护作用，无非是一个地界范围的标识。

钢丝网的里面则是真正的村委会大院，大院的地面被水泥铺得很平整，与村子的其他地方相比，村委会已经算是体面了，但再体面也不过是农村大院，乡土的味道弥漫在这里的每一个角落。

邓红告诉我，她刚来到村委会的时候，村委会就是一座三层小楼，周围一大块硬化地面，就这样光秃秃地立在村子里，与周围破败的村民房形成了鲜明的对比，也与大山的苍翠格格不入，于是邓红决定要搞村委会大院的绿化工作，在村委会大院里修建草坪与花圃，为生硬的建筑披上温柔的绿衣，这让村委会大院多了一份别样的人情味。邓红说之所以要绿化村委会，是因为她在村子里走访一圈后发现竟然没有一块像样的地方供村民举行群体活动，或是休闲娱乐。所以在绿化村委会大院之初，邓红就已经做好了要将村委会大院打造成村子公共休闲娱乐区的打算，以供村里举行活动，或让村民平日里休闲娱乐也有个去处，所以邓红还特意在大院里面安置了篮球架、乒乓球台以及羽毛球网。当然，无一例外，这些设施都充满了陈旧的气息。但实际上，"村民只有在办事的时候才会来到村委会，平日都不会往村委会这边转悠"。相反，倒是村里的孩子们，物尽其用，在村委会大院出入自由且频繁，给予了邓红修建大院初心些许的慰藉。

有次下午两点多，日头正大，清爽的山风从我的房间穿堂而过，带来惬意的同时，也带来了摩托车肆无忌惮的突突响声，声音一点点逼近，也一点点变大，最终止息在了村委会的大院里。我从房间出来，趴在三楼的露天阳台上向下看去，两个十四五岁的孩子刚停好摩托车，径直走向乒乓球台。

看着他们在乒乓球台那里奋力"厮杀"，蹦跳地捡拾掉落到地上的乒乓球，山风阵阵吹过，蓝天白云下一片苍翠，不知为何，莫名觉得画面过分美好，我感觉到了孩子的率真天性在这个大院的休闲区肆意地生长着、蔓延着，村委会大院或许已经成为孩子们美好时光中不可或缺的一方天地。

但更多的时候，大院最热闹的时间还是傍晚七点钟左右，孩子们读完书写完作业，干完了家务和农活，闲来无事便会三五成群地来到村委会大院做游戏。孩子一多，大院似乎就没有那么"大"了，但这丝毫不影响孩子们欢笑与愉悦，孩子们快乐的仿佛在不经意间已经超越了村委会大院的圈定，无限蔓延到这个村庄、这个大山深处的每一个角落。

最好的朋友

在官房村，我就住在村委会三楼的最东边，每天除了整理走访的材料，必做的就是走到三楼西边的露天阳台，趴在凉丝丝的围栏上看这帮孩子玩耍，看他们全情投入地打篮球、打乒乓球、做游戏，认真聆听他们畅快的喊叫和有些听不懂的方言，心中有种无限的温柔在悄悄晕染开来，仿佛置身于自己童年的场景中。孩子一多，各种稚嫩的声音交织在一起好不热闹，每每此时，都有种村委会大院摇身变成了游乐园的错觉。但或许，在这些孩子眼里，这个大院就是村子里的游乐园——在这里没有传阅分享书本的不舍，没有干农活做家务的辛苦，更没有想念父母的留守孤单……这样一个"忘忧"的地方，除了称之为"游乐园"，似乎也没有更好的形容了。

之前读袁凌的《寂静的孩子》，书中有句话一直都不甚了解，那句话大意是：儿童在困顿与匮乏的境遇中艰难挣扎，却又顽强成长。我们需要打破障壁，克服距离，走近倾听他们。传达生命喧嚣的声息，和无处不在的湿润。这样也就是倾听我们自己。现在站在官房村村委会小楼的顶层俯视着孩子们，似乎一切答案都已经呼之欲出。

终于有一天，我按捺不住"高处的寒意"，噔噔噔跑下楼加入了他们的行列。对于我这个意外来客，他们充满好奇，也带着防备，小心翼翼地热情欢迎着。我跟他们一起打羽毛球、玩"老鹰捉小鸡"，十几分钟的磨合后他们似乎已经敞开心扉，一边吐槽我的笨拙，一边教我打乒乓球，玩一些当地的小游戏。本来是抱着游戏的态度加入其中，但是看见他们不管玩什么、做什么，脏兮兮、汗津津的小脸都带着一股认真的执着劲儿，我也不由得变得虔诚与仔细。

天色渐渐暗下，村委会大院内的路灯亮了起来，太阳能的路灯积蓄了一整天的能量，此刻将大院照耀得格外明亮。尽管如此，很多小孩也如来时那样，三三两两地结伴回家了，有小朋友告诉我回家的小孩有的是因为作业还没写完要赶回去继续补作业，有的是因为明天要早起给弟弟妹妹做饭……所以都是"不得不"回家的。最后，偌大的村委会大院，只剩下我跟四个孩子，比起刚才的热闹景象，多少显得空旷了许多。

跟他们跑累了，人也少了，于是我提议大家休息聊天，早已成为游戏场中主导的我，提议一出，便迅速得到了响应，于是我和剩下的四个小孩在村委会大院的路灯下席地而坐，围成了一个圈。虽然一起玩了很长时间，但都是在疯疯癫癫奔跑跳跃着，并没有机会与这群可爱的孩子深入交流，也不知道他们的姓名，所以决定从最简单的自我介绍开始。我让看上去稍大一点的女孩先开始带头打个样儿，女孩倒是不腼腆，干净利落的自我介绍——李春漫，今年十三岁，在隔壁的发科村读五年级，还指了指身边的小男孩告诉我这是她的弟弟。她这一说一指不要紧，另一个看上去最小的男孩指着李春漫姐弟俩插话道"他俩是姐弟，她叫李春漫，他叫李春建……"话音还没落，另一个小女孩和李春建也开始介绍自己与他人的关系，原本安静有序的场面瞬间又开始沸腾起来，尤其是两个小男孩，抢着说自己的年龄和在读年级，两个小男孩其实同岁，但其中一个不仅年级低了一级，就连身高也矮了大半头，尽管如此却依旧昂着脑袋、挺着胸脯，争抢着发言机会，小小的身躯中透着不服输的倔强，画面很好笑，但是却真挚得无以复加。看着他们迫切地抢话、发言，又郑重其事地介绍着彼此的关系，不仅没有让我思路凌乱，反而很快理清了他们的关系，并记住了他们的名字。

原来剩下的这四个小孩是两对儿姐弟，分别姓李和顾。刚才安安静静作了比较完整自我介绍的小女孩李春漫和她的外形一样，是四个孩子里面最大的，她的弟弟李春建今年十二岁，在读四年级。另外一对顾姓姐弟，姐姐叫顾光香，弟弟叫顾光旭，听到弟弟的名字我笑了，拍拍他的脑袋说："你父母是想让你做皇帝啊！"

小孩子茫然地看着我，显然没有听明白我在说什么，更不知道有"光绪皇帝"的存在。顾光香也是十三岁，和李春漫是同学，顾光旭虽然看上去是最小的，但和李春建一样也十二岁了，不过在读三年级，比李春建低了一个年级。

我问顾光旭，明明是和李春建一样大，为什么比他低一级，被我这么一问，顾光旭明显地愣了一下，还没等张开口，李春建就嚷嚷着："谁让你总打架了！"李春建说这话时没看我，完全是朝着顾光旭说的，但也是在告诉我原因。虽然刚才犹疑了片刻，但顾光旭抢夺发言权的斗志丝毫未减，又听到李春建这样"不给面子"地揭开真相，竟然抬手掐起了腰，两个小孩用力挺起的单薄胸脯马上就对峙在了一起。

顾光香告诉我，自己的弟弟调皮，总是喜欢跟李春建打架，也不认真学习，考试成绩总是不及格，跟不上班级的课程进度，所以不得不留级。李春漫也时不时地帮腔解释，四个小孩里面三个小孩一起叽叽喳喳地"爆料"着顾光旭的"留级史"，仿佛串通好了似地要在我这个陌生人面前让顾光旭"颜面扫地"，就连自己的亲姐姐也毫不遮掩地讲述着让顾光旭"难堪"的过往，顾光旭的小小自尊仿佛被一句又一句无可辩解的事实瓦解着，以致那原本高高昂起的小脑袋、挺起的小胸脯一点一点沉了下去，像是被地心引力牵扯着无法动弹，最后不得不尴尬羞愧地耷拉着脑袋，开始磨搓起自己的小耳朵。

尽管是小男孩，但是也有着大男人的自尊，于是我打断三个人的"控诉"，问顾光旭："那你俩现在还打架吗？"

顾光旭摇摇头，抿着嘴没有说话，依旧耷拉着小脑袋。

李春漫插话解释说，自从顾光旭留级以后，两人就没再打架了，不仅没再打架，反而还经常在一起玩，关系比以前还要好。

于是我问顾光旭："你有没有好朋友啊？"

小孩子似乎天生对"好朋友"一词格外敏感，顾光旭也不例外。他抬起头，眼睛变得格外明亮，认真地点点头说："当然有啊！"然后指了指李春建，有点害羞地笑了起来。虽然顾光旭长得小小的,表情也带着羞愧,但刚才的动作,却使我感受到了一股力量的存在,尤其是他指向李春建说这是自己好朋友的时候,那份单纯的坚定与认真,力量惊人!

此时我才发现,在我们五个人当中,自己才是最无力的那一个,只能笑笑,干瘪地说一句:"这就对了嘛,你们是不打不相识!"

现在想来,这句话说得并不恰当,也过于俗套。但是一张口这句话自己就跳了出来,思维仿佛停滞,也想不到该说些什么其他的了。顾光旭开心地笑了起来。我捏捏顾光旭的脸蛋,虽然脸上脏兮兮的,刚刚做完游戏还未干透的汗使脸上潮乎乎的,甚至还有些渍手,但是小孩子的脸蛋就是小孩子的脸蛋,捏起来仍然是柔软弹嫩的,即使没有基本的呵护与精致的打理。

梦想闪闪亮

在与四个孩子聊天的时候,大多是我问,孩子们实诚且活跃的回答,自觉这样的交流并不是一个平等的状态,倘若在这样的状态下继续沟通下去,有关孩子的一切故事与生活的走向,都会成为我个人意识的开枝散叶,缺少孩子们天然的灵气与自然的真实。于是,刻意清清嗓子,故作轻松地说:"我问了你们那么久,你们有没有什么问题要问我呢?"

四个孩子面面相觑,眼睛闪亮,但是却都陷入沉默。

我只好进一步引导,说:"什么问题都可以问,只要是我知道的,我一定都告诉你们! 或者你们还有什么想要告诉我的,也可以说。"

顾光香与李春漫开始说起了悄悄话,一边说还一边笑嘻嘻地瞟着我,很快两人唇耳分离,顾光香推搡着李春漫说:"你问!"李春漫反手推着顾光香,声音提高了几个分贝,说:"你问!"好像谁的声音小谁就要张口问第一个问题的比赛似的,两个人你一下我一下地彼此推搡着,好一阵也没有结果,看着眼前的情况,僵局看来要由我来打破,于是我说:"刚才李春漫回答了我好多问题,作为感谢,第一个问题李春漫问吧!"

听到我这么说,李春漫非但没有表现出惊讶与不情愿,反而显得格外兴奋,但声音却在嗓子眼里咕哝着:"你手机里有天安门吗?"

无论如何我都没有想到两个小女孩讨论了半天的问题,竟然是这样一个简单质朴却又极其珍贵的问题,我说:"当然有!你们要看吗?为什么想看天安门呢?"

顾光香告诉我,她们在电视里见过,但觉得是假的,不敢相信,觉得非常不真实。我笑了,告诉她们那些都是真的。

我拿出手机,找到庆祝新中国成立 70 周年阅兵的片段给他们播放,四个小孩齐齐凑在我的两边,看得专心致志。李春漫侧过头看向我,再次向我求证:"这里面的都是真的吗?"

我点点头,为了证实这一切,我还翻出了朋友圈里朋友在阅兵现场的照片和视频。

四个孩子盯着屏幕,认认真真地看着我——展示的照片与视频,时不时发出惊叹声。为了让他们看得清楚,我把手臂伸长,于是四颗小脑袋齐刷刷一并向前凑去,密密实实地挡住了我的视线,看着他们的后脑勺,心中的酸楚汩汩涌出,慢慢升腾起来。

李春建突然转过头来问我:"你在这里面吗?"

我摇摇头,告诉他去的都是我的学弟学妹,都在读大学,那些在天安门走过的方阵都是由大学生组成的。

李春建又继续问:"那你住的离天安门远吗?"

问这个问题时,我清晰地感受到了李春建语气里的某种期待,但是我并不清楚他到底期待着什么。于是想了想，在心中暗暗盘算了一下从我所租住的小单间到天安门广场的路线，说："不算很远，大概十几分钟就到了。"

听我这么一说，李春漫也转过头，问我去没去过天安门。我笑着说："当然去过！"

李春建突然高兴地鼓起掌来，说："哇！你太厉害了，还去过天安门！我跟去过天安门的人一起玩喽！"看着他在眼前手舞足蹈，我竟一时不知所措。

在北京，去天安门游玩是多么普通、正常的一件事情啊！可是在这里，孩子们竟然能为认识了一个去过天安门的人而欢呼雀跃，这样的开心与庆幸，我始料未及。

也就是在看到李春建亢奋模样的那一刻，我突然就明白了刚才他问我那句话里面所包含的期待，太过真挚、可贵！

这时刚好视频片段播放完了，于是我收回手臂，找出2018年夏天和妈妈在天安门前拍的合照以示证明，当然，也是为了让李春建更高兴点。几个小孩看着我和妈妈的合照，在一声又一声的感叹之余，眼里都是亮晶晶的。

看完照片，一直没有怎么说话的顾光旭突然问我："你有几个好朋友？"被他这么突然一问，舌头有些打结，再加上刚毕业不久，对"社会人"的世界仍抱有诸多不解，尤其是友情这方面，毕业之后才发现原来好朋友的概念是如此地模糊、混沌，随意性太强，仿佛无解的自变量。但我是真的想用心回答孩子的问题，于是掰着手指一个一个地数给他看、说给他听，而且把好朋友的名字也一一说给他们听，当然，这也是在说给自己听。顾光旭格外认真地听着，点着头，像个老师在听学生的汇报发言。

每次我说话的时候，他们都会变得极为安静，格外认真，这在无形中让

扶贫日记

我倍感压力,生怕哪句话说得不好,让他们有了错误的、消极的想法或意识。所以每次我说话的时候,也都会格外注意观察他们的表情与动作。

当我说完朋友的名字、讲述完与他们之间的小故事后,看到他们都在像模像样地点着头,心里这才舒了一口气。毕竟我和孩子们的世界已经不一样了。

在其他人还在点头没有说话的时候,顾光旭又开始发问:"你的梦想是什么?"

平日做采访,这都是我的台词,没想到今天却被十几岁的小娃娃抢了台词,心中不禁觉得有些好笑,但回答仍是要正式的、端正的。我看着顾光旭的眼睛说:"我有很多个梦想,这些梦想大大小小都是我努力前进的动力,但是我只有一个最大的终极梦想,那就是能够写很多的书,让很多人读我的书,从我的书中有所收获,收获爱与阳光,收获快乐与自得。"说完之后觉得好像还差了点什么,于是随口又补充道:"不过这很难。"

没想到顾光旭随口接了一句:"嗯,需要一点点来。"

我惊诧,也惊喜!这个生活在小村庄,每天打架玩泥巴的小男孩,不仅思维敏捷,说话得体,情商也高!不由得心生敬佩,但更多的还是喜欢与欣赏。

既然都说到了梦想,这个话题我是不会放过的,于是我反问:"你的梦想是什么呢?"

顾光旭用袖子蹭了蹭流下来的鼻涕,躲到了李春建的身后。

真是让我大跌眼镜!明明刚才思维那么敏捷,对话那么成熟,这会儿却又变回了孩子的模样,转换速度之快,竟让我无可奈何,不知所措。

我当然不会这么轻易就放过这个小家伙,于是说:"我都把我的梦想告诉你们了,你们可不能耍赖皮,也要告诉我你们的梦想,我们这是在公平交换哦！"看着眼前的四个小孩,面露笑容但却没人主动,于是只能自己为自己铺设台阶,补充道:"就按年龄排序吧,从大到小挨个说!"

一听我这么说,年纪最大的李春漫首先提出抗议:"啊?怎么每次都是我先说!这次要从最小的先来。"说完,便努起了小嘴,抱起了肩膀,以示对我这个提议的不满。

我看了眼顾光旭,见他并没有要说的意思,依旧在李春建的身后躲藏着,于是对李春漫正色道:"你最大啊,你是姐姐,你是榜样,可要带个好头,加油,看好你哦!"

对这四个小家伙发射糖衣炮弹,屡试不爽!

李春漫虽然依旧是不情愿,扭捏着身体,叹了口气,张口说:"嗯……我马上就要六年级了,要考初中,我怕我考不上,希望能考试通过吧!"

顾光香说:"我想妈妈能够常回来看看我们,我很想她。"

顾光香说她的"梦想"的时候,我看到顾光旭扒在李春建的耳边小声嘀咕着什么,本来担心顾光香说妈妈的事情会让顾光旭觉得伤心,但是看到顾光旭依旧是一副笑嘻嘻的顽皮模样,就知道是自己想太多了,所以也就放下心来,并没有再去在意什么,也没有去刻意探寻什么。

李春建说:"我想去北京,找你玩,去看天安门。"

听到他这么说,感动瞬间涌上心头,捏着他的小脸说:"好,我在北京等你哦,一定要好好学习!"但是他的表情却是古灵精怪的,带着点阴谋诡计般的笑容,打消了我原本感动得想要煽情的想法……

轮到顾光旭的时候,他依旧不说,耍赖皮地抱着李春建,无论我怎么哄骗都不肯说。李春建看我没有要放过顾光旭的意思,于是说:"他也要去北京找你玩,跟你做朋友!"

我看向顾光旭,问他李春建说的是真的吗,向他求证。顾光旭抱着李春建,身子绕了好几个弯,有点害羞地点点头。但是我仍然没有就此罢休,佯装生气地说:"你看大家都亲口说了自己的梦想,为什么你不亲口告诉我呢?我要听你亲口说!"

看我有些生气,顾光旭撒开李春建,走到我身边,弯下腰用手半遮掩着嘴,凑到我的耳边,说:"我想去北京找你玩,我想跟你做好朋友。"

顾光旭说话时的热气喷到我的耳朵上,弄得我浑身发麻,但是却格外温暖。我终于明白了一直顽皮嬉笑的顾光旭为什么在说梦想的时候那么逃避,那么羞涩,原来,他的梦想是关于我这个"陌生人"的。

我一只手臂半搂着顾光旭,另一只手摸着他的小脑袋问:"你说的是真的吗?"他点点头,与李春建的表情不同,满脸地坚定与认真。

这时,几十米外的半山腰上有人大声呼喊着,说的是地地道道的方言,我完全听不懂。

李春漫在这边也大声地回应着,两人对喊了好几句,我只听懂了最后李春漫的一句"马上就回去了"。心里估计是家人找孩子回家睡觉了,问李春漫怎么回事。李春漫告诉我,喊她们回家的是伯伯家的大姐,让她们早点回去睡觉,家里要熄灯了,不然费电。我点点头,表示明白了。

但看他们还都是依依不舍的样子,我也还没尽兴,于是又提议让她们表演个节目做最后的收尾,明天再继续玩,他们很痛快地就答应了。

两个女孩说要唱《大梦想家》,是 TFBOYS 的歌,我也喜欢 TFBOYS,于是双手赞成,撺掇两个小男孩一起,让他们四个一起表演,两个小男孩表示不会,和两个姐姐用方言又叽叽喳喳地吵了半天,见依然没有结果,也没有要结束争执的意思,于是打断他们,跟两个小女孩说:"那你们两个先一起唱吧,当姐姐的要起带头作用,给两个弟弟示范一下。"

两个小女孩都没有拒绝,让我用手机放音乐伴奏,在我找音乐的时候两个人还排好了队形,这一看就是练过的!我轻轻按下播放键,充满青春气息的旋律蹦跳着散布在了这个"游乐园"里。

　　……

　　一个一个梦飞出了天窗

　　一次一次想穿梭旧时光

　　插上竹蜻蜓张开了翅膀

　　飞到任何想要去的地方

　　一个一个梦写在日记上

　　一点一点靠近诺贝尔奖

　　只要你敢想就算没到达理想

　　至少 有回忆珍藏

　　我们 慢慢地生长

　　从小的愿望

　　到大的梦想起航

　　坚持是生命的永恒

　　跳动的心脏

　　带着光 跟我飞翔

　　……

　　伴着轻快充满活力的歌曲和美妙动人、富有感染力的歌词,两个小女孩开始边唱边跳,动作有些笨拙、生涩。虽然只有两个人,但动作依旧是不整齐的,尽管跟着原唱,偶尔也还是会走调。但是此时此刻,这些问题真的还是问题吗?两个小女孩那真诚的表演,那卖力的展现,就像她们的成

113

扶贫日记

长——面对各种生活问题的刁难,她们从没有放弃过真诚的热爱与卖力地生活。如今看来,反而是这些"问题",让她们更显得可爱动人。

两个姐姐表演结束,该四个人一起表演了,我担心他们商量不出表演曲目,也不想再因为这个问题而耽误孩子们回家的时间,于是赶紧耐心引导:"你们有没有都会的一首歌?"

李春建赶紧举手说:"有!《我和我的祖国》老师教过,我们都会!"

我看向两个姐姐,李春漫为难地说:"老师是教过,不过时间有点长了,歌词记不太清楚了。"说着,眼珠一转,转过去对两个小男孩说:"咱们唱《国家》吧!上学期合唱比赛刚唱过的。"

两个小男孩表示也会,于是我一边低头找音乐一边说:"这个你们有没有舞蹈啊,可以先排个队形。"

我找好音乐一抬头,四个小孩在面前排排站立,身板笔直,非常整齐。问他们是否准备好了,他们拖着长音齐声回答:"准备好啦!"每个字的尾音都拉得恰到好处的长,既整齐又充满活力。播放键按下,音乐起,童声"小合唱团"清亮的嗓音唱道:

一玉口中国 一瓦顶成家

都说国很大 其实一个家

一心装满国 一手撑起家

家是最小国 国是千万家

在世界的国 在天地的家

有了强的国 才有富的家

国的家住在心里 家的国以和矗立

国是荣誉的屹立 家是幸福的洋溢

国的每一寸土地 家的每一个足迹

国与家连在一起 创造地球的奇迹

一心装满国 一手撑起家

家是最小国 国是千万家

在世界的国 在天地的家

有了强的国 才有富的家

国的家住在心里 家的国以和矗立

国是荣誉的屹立 家是幸福的洋溢

国的每一寸土地 家的每一个足迹

国与家连在一起 创造地球的奇迹

国是我的国 家是我的家

我爱我的国 我爱我的家

国是我的国 家是我的家

我爱我的国 我爱我的家

我爱我 国家

我举着手机,挥舞手臂,既是在为他们打着节拍,也是在做他们的忠实歌迷。而在他们的背后,官房村村委会的墙面上用朱红色的颜料赫然写着一行大字"四个自信"。晚风在月色里去向不明,但我却看到了这个极其贫困的村子的未来——它高悬于村委会的墙壁上,也肩负在村干部的肩膀上,更出现在眼前四个孩子清亮的歌声里。能够目睹这一切,能够亲耳听到这一切,何其荣幸!

在这之前,我会为这些孩子的成长而担忧,但是经过与他们一起玩耍、聊天,看他们表演才艺,我发现我的担忧统统不见了。有的只是无尽的祝福!

扶贫日记

在官房村,村委会大院就是孩子们的游乐园,他们每天都在这里留下欢畅的汗水与呼叫,这个大院也见证着他们一天天的成长与收获。在这个贫困的山区,虽然孩子们没有像样的休闲场所,没有像样的娱乐设施,但是他们却有着像样的青春和带劲儿的爱国主义情怀。诚然,在泥土里长大的孩子,可能一辈子都不能飞上云端去拥抱蓝天,但是在他们所生活的这片土壤里,也有蓝天寻觅不到的踏实、质朴、厚重、沉稳,以及万物生长所必需的必要条件——扎根。

2020 年 7 月 7 日　被"拯救"的孩子

今天继续整理调研材料,材料内容与与孩子有关。从小就在乡村长大的我,一直都明白一个道理,农村孩子幸福感的获得,常常是混沌的、滞后的,就算在某个瞬间警醒地明白了幸福的真谛,大多也只能在追思里玩味、品尝。

农村孩子在面对社会的快步疾行时,常表现出茫然与无措,在飞扬的尘土与颠簸的变迁中挨饿、受冻、没钱读书,甚至从小就要被迫靠偷盗才能维持生计。现实在他们童年的生活中深深打上了贫瘠的烙印。但谢天谢地,值得庆幸的是很多农村小孩的世界并没有因为物质的匮乏而变得晦暗不明,相反,很多农村小孩的童年是五彩斑斓的——蓝天绿水,碧树红花,大自然似乎把所有的美好都馈赠给了农村小孩,计农村小孩的童年时光是如此地多姿多彩。

但所有的美好,也仅是在与自然融为一体时。当薄暮炊烟袅袅升腾时,家人一声比一声急切高昂的呼叫让一切又都重回现实,尽管如此,能重回现实的孩子也算是幸运的了,因为有更多的孩子,还是孤身一人,慢慢迷失在渐浓的夜色里,走丢在阡陌纵横的乡间小路,走失在了这香火人间的尘世,化成一颗星,照着下一个夜行的不知姓名的孩子。

相比之下,张明是幸运的,在这个像其他小孩一样即将走失的夜晚,张明被刚刚来村里的驻村第一书记邓红给拉了回来。

"第一次见到小张明简直就像是见到了一个泥娃娃,从没见过这么脏的孩子,身上臭烘烘的,脏的要死!"邓红皱着眉头一边回忆一边说,仿佛又重新回到了她与小张明相见的那一天,仿佛又闻到了小张明身上幽幽散发出来的难闻的气味。随即邓红又补充道:"我在城里生活了大半辈子了,这城里的孩子不管多大,哪个不是家长手心里的宝啊,都养的白白净净的。"

"那您当时心理感受是怎样的呢?"

邓红抿起嘴眯着眼睛,动作都是微微的,像是在回忆,也像是在思考,说:"我也说不清当时心里是什么感受了,觉得惊讶、不可思议,也觉得孩子可怜,很心疼,当时整个人都有些不知所措。"

我笑着问:"那走出刚才您说的这些情绪后,您做的第一件事是什么呢?"

"那肯定是给他搞卫生啊!"邓红的声音突然高了几个分贝,仿佛我刚才的提问有些难为她,让她一直在压抑着,克制着。"我放下手里的活带他去洗澡,认认真真地整整给他洗了三遍,才算把这孩子洗出点模样来。给他擦干,换上咱们公司同事捐来的干净衣服,又帮他剪了剪头发。我估摸着小张明得有十三四岁了,这么多年来应该都没像这样真正意义上的洗过一次澡!"

听到这里,我也是错愕不已。十三四年没洗过澡!再联想到刚才邓红讲述与小张明第一次相见时的表情,一切似乎都有了答案——的确是不怎么美好的初识。

"把小张明收拾利索之后,我就把我从城里带来的苹果啊、饼干啊,还有牛奶啥的拿给他吃,差不多能拿了大半塑料袋,结果他接过去就是狼吞虎咽的一顿吃,也就是一两分钟,把那些吃的都给吃没了。真的元利,别看你比他大不少,要是那些吃的拿给你,够你吃小半天的。所以啊,我估摸这孩子根本就没吃过这些零食。"说完,邓红脸上的表情暗淡了几分,无疑是在打心眼里疼惜爱怜着小张明。

感觉采访的氛围有些低迷,气压太过沉重,想缓解一下,便自作聪明地抛了一个自以为简单而轻松的问题——张明跟您说的第一句话是什么?您还记得吗? 本以为会从邓红那边得到一个或简单或温情的答案,但结果却出乎意料。

邓红突然又扯开嗓门,飙着高分贝的方言,瞪大了眼睛说:"这个娃娃根本就不说话的好吧,一句话也不说!你说我又帮他洗澡、换衣服又给他零食好吃的,他咋就能连句'谢谢'也不说? 问他家在哪里、家里情况,也还是不说,要么就是点头、摇头,要么干脆就不看你! "

这回轮到我瞪大了双眼,有意无意地似乎也扯开了嗓门:"啊! 那你们怎么交流啊! "

"没交流! 我就一边帮他拾掇一边跟他说话,不过现在回想起来应该也不算是说话,更像是在自言自语。"邓红一边回忆一边修正着自己的话语,还冲我有些"俏皮"的眨眨眼。

面对这样的景象,我竟有些恍惚,只感觉邓红的眼睛真是大!

不过很快就回过神来,脑补着当时的画面,想象着孩子不说话,邓红有些气鼓鼓又有些心疼的画面,不禁觉得很好笑。

但是我仍然不甘心,继续挖下去:"那也不可能一直不说话啊,后来呢,他跟你说的第一句话是啥? "

邓红在椅子上轻轻扭动着身子,调整好坐姿,身体前倾探着头,徒增几分神秘感,但却又表现得有些胆怯,努着嘴说:"我想让你陪我去。"

这让我突然有些不知所措,慌乱中惊愕地脱口而出了一个字——啥?

邓红笑了,收回前倾的身子和脑袋,又认真地解释道:"这就是那个小家伙对我说的第一句话——我想让你陪我去"。

原来邓红刚才是在模仿张明说话时的模样。

邓红解释道:"其实我之所以能够见到小张明,是因为公安局给我打电话说小张明偷东西,他们来村里没有找到他,就联系我说如果看到这孩子要及时与他们联系,协助他们把孩子送到少管所。我跟村干部和认识小张明的村民打听了一下小张明的情况,才知道这孩子的境遇。于是我发动大家一起帮忙找这孩子,结果你猜我们在哪里找到的?"

本来以为邓红要慢慢讲述一个动人的相识故事,所以卸掉了采访的铠甲,摆出了聆听故事的架势,但是没想到邓红竟然还会"回马枪"——回过头来问我问题,面对这突如其来的提问,我先是一愣,随之露出一个神秘的微笑,轻轻歪头,以示邓红"您继续"。

邓红好像也没有想从我这里得到一个确切的答复,看到我的反应,又开始了刚才的讲述。

"后来我们在一间维修房里找到他的,他正在房子里睡觉呢!"

"那是他家?"

"当然不是,那是别人家做危房改造正在维修的房子,暂时没法住人,这孩子就趁着没人的时候进去睡觉去了。"看我一脸难以置信,邓红又补充道:"这孩子一直这样,妈走了,爸不管,就自己这么一天一天地过,今天去这个维修房住两天,明天去那个维修房住两天,细想想,这孩子能活这么大,也是不容易。"

我笑了,笑得有点无奈,追问道:"他妈妈去哪里了,他爸为什么不管他？"

"他妈被他爸打跑了。"说完这句话，邓红脸色燃起了怒色，说："一说到这个我就生气，你说哈，小张明妈妈出去打工，背井离乡一年多，攒了两万多块钱回来给小张明的爸爸，让他修修房子，结果你猜他爸啥反应？"这次邓红没有等我的回应，而是继续自顾自地说："他爸不要，还说这钱不干净……"邓红顿了下，稍一转头，朝远处白了一眼，邓红眼睛很大，又45度角侧对着我，这一白眼露出了好多白眼仁，但是却并不吓人，反而让这愤愤不平更添几分凛然。我在内心暗自进行着有些打趣的活动，但依旧维持着表面的不露声色。

邓红稍稍转过头，继续对着我说："你说人家一个女人，出门在外多不容易，他一个男人在家，不干活就算了，老婆赚到钱了还这么说，多没良心，我都要被他气死了。"

我发现，邓红的性情很率真，不掩饰喜，不掩饰悲，也不掩饰怒，讲到哪里，触及什么情绪，就顺着情绪讲跟着情绪走，一同配合的还有声调和嗓门，说她的讲述"有声有色"一点都不为过。

不过，我没说话，邓红也没说话，恰到好处地沉默数秒。

我继续问："那后来呢？"话一出口，内心嘲笑自己的提问像个追问故事后续的小朋友。

不过邓红并没在意，她还沉浸在她的村民的家长里短中。说："这搁谁能受得了啊，小张明妈妈被气走了呗。走了一年多了，到现在也没回来过。不过也真是心狠，只是可怜这孩子了！"

"可是他爸爸呢？他爸爸为什么不管他？他爸爸不干活的话家庭收入从哪里来？"邓红的讲述彻底把我拽进了这个素不相识的家庭故事中了，让我对小张明的爸爸充满了好奇，一心的窥探，以至抛出这一连串的问题。

邓红倒也不急了,慢慢地说:"他爸还真不管他,心情好了赶上家里有吃的,就做一口饭,但是大多时候都是醉醺醺的。平时在村里帮这家修个房顶,帮那家干干农活,也不要钱,就讨点酒喝就行。不过也是奇怪,他对别人很和善,别人说啥就嘿嘿一乐,还有点不太好意思,所以我就想不通他怎么能那么说他媳妇。"

"那他现在还这样吗?"

"现在好多了,我一见到他就跟他说让他给小张明做点饭吃,少喝酒。他就嘿嘿地乐,点头。前段时间整修村委会,按公司指示以工代赈,我就把他找来了,他隔一天来一次,来了除除草,搬个砖啥的,干完活就走,也不问工钱,也不要工钱,连着得有一个礼拜。有一天我就把他叫住了,问他咋不问我要工钱,他挠挠头,嘿嘿一乐,我说'不给你工钱行不行啊?'他也不着急,也不说话,还是嘿嘿地乐。看他那个样子,感觉就像一拳打在了棉花上,没啥感觉,就不逗他了,把他领进办公室把工钱都发给他了。"邓红叹了口气,看得出来,她很为张明父子的生活惆怅。

其实不用说邓红惆怅,我听着都很惆怅。

但是没办法,人就是这样,好人坏人不过都是一念之间的事情,在他本人的一念之间,也在我们这些旁人的一念之间,但是用"一念之间"就去给一个人做以判断,又显得太过傲慢愚蠢。

心中默默感叹,小张明出生在这样的家庭是无法选择的。

了解到了张明生活的家庭环境,除了对孩子充满悲悯,也对他现在的生活充满了好奇,于是赶紧把话题牵引到孩子身上,问邓红:"那孩子后来去少管所了吗?"

"去是去了,不过又回来了。"邓红说完抿着嘴有点想笑的意思,静静看着我,等待着我的追问。

看到这么配合的受访者,不禁心生欢喜,也在不经意间卸掉了所有采访范,继续刨根问底:"为啥?"

邓红说:"因为年龄不够,少管所只收留十二岁以上的孩子,小张明年龄还不够呢。"

"啊?您刚才不是说他都十三四岁了吗?"

邓红终于不再抿着嘴,而是带着几分狡黠、几分豪情地笑了起来,说道:"对,十三四岁是他的真实年龄,但是他的身份证上还不满十二岁。你看他跟真正十一二岁的小孩站在一起,那身高、那发育的感觉,一看就是个大孩子。"

我默默感叹,竟然还有这样的操作,厉害了!

仿佛看出了我的感叹,邓红摇摇头,说道:"在村里,孩子多,家家好几个,所以父母也不上心,哪里会记得孩子的生日啊,之前去做人口普查,问孩子生日的时候,都说什么下雪天生的、种地的时候生的、生孩子的时候在下雨……哎哟,真的是没法!"

邓红解释完,我默默地感叹瞬间变成了一头黑线,"无语"二字不加掩饰地写在了脸上。邓红看着我的表情笑了起来。

直觉告诉我,这种现象是值得挖下去的,一定能够有更加值得反映的问题存在,要默默记下,回去整理好思路,做好充足准备,有针对性地细细挖掘。现在是要了解孩子的情况,于是抛弃刚才的表情与心理活动,继续追问关于张明的后来。

邓红说:"我把小张明收拾干净也喂饱了,没一会警察就来了,喏,你瞧!"邓红扬起下巴示意我看窗外的村委会大院,继续说:"警车就停在院子里,一下下来两个五大三粗的警察,小张明虽然平时有些淘气,但是哪里见过这阵仗,吓得赶紧拽着我的胳膊,躲在了我的身后,他这一躲不要紧,倒是弄得我也有点难过,毕竟孩子这么小,这么不容易,多可怜啊!警察来了要把他带走,这孩子还是紧紧拽着我,我就跟着一起出去了,想着送他上车吧,但是警察说必须得有监护人一起,说是要做笔录签字啥的。我就让其他村干部去找他爸爸去了。"

"可是孩子一直没说话?"始终没有听到我想要的答案,我有些迫不及待地问。

"对,还没说呢!在等他爸爸的时候,小张明的手还是紧紧地拽着我,低着头也不说话,我都能感觉到他特别害怕,就蹲在他面前跟他说已经派人去找他爸爸了,一会让他爸爸陪他去,本想着安慰他别害怕,结果他使劲摇头,我就问他'你不想让爸爸陪你去吗?'他点点头。我又问他'那你想让谁陪你去啊?'其实我都没想过他会回答我什么,但是意想不到的是他竟然说'我想让你陪我去。'奶声奶气的,我这一下就心软了。我也是做母亲的人,虽然不是自己的孩子,但是可能是出于母性吧,我的心当时真的特别疼,很难受。"邓红一口气讲了这么多,深深地吐了一口气,大大的眼睛里,白眼仁一周微微泛着红,湿润润的,一闪一闪。

我轻轻问:"那你怎么办呢?"

邓红又深吸了一口气,继续说:"能怎么办呢?那我就跟去好了,要是真等他爸,也不知道要等到什么时候呢。我就和另外一个村干部开着车跟着警车去乡里了,到了少管所签完字办完手续,我赶紧去给孩子买了些生活用品,担心孩子因为穿的太破被人嘲笑、欺负,就给他买了新的内衣内裤、袜子鞋子啥的,又给了他几十块钱零花钱,怕给太多被其他孩子抢走……"

这段讲述让我对邓红又有了新的认知,之前一直觉得邓红大大咧咧,很率性,很豪气,但是没想到关键时刻也是这么细心,对孩子无微不至的关怀真的堪比父母。不过张明现在生活的家庭环境,应该是胜于父母的,内心不由地又开始感慨,生活在贫困山区的孩子真的是太过辛苦,缺失的亲情之爱,需要从刚认识的陌生人身上找寻,但是即便是真的找寻到了,感觉真的会一样吗? 我记得我妈曾跟我说,孩子只要在父母身边,即使生活再辛苦,哪怕是在路边支个帐篷过日子,也不会觉得太辛苦。我觉得是的。只是不知道张明是不是也这么认为,我不能去问他,也无法问出口,但是我想他心里应该是清楚的,即使他还是个孩子。

不能问孩子,那就继续问眼前人,但是张口却又回到了刚才的讲述中——然后呢? 简单的三个字,便出卖了我对故事发展后续迫切的求知欲。

邓红说:"后来我就和一起去的村干部回来了呗,但是心里一直很难受,你说他那么小就进了少管所,少管所里都是有前科的孩子啊,那些坏孩子万一欺负他怎么办? 就算不欺负他带坏他可咋办?"面对邓红一连串的倾诉,既表示理解,心中又有些别样的怀疑——少管所里的孩子不过是其他名字的"张明",他们的处境、他们的遭遇,不一定会比张明好很多,只是张明是被邓红看到的孩子,他们不过是很多个没有被邓红看到的"张明",他们怎么办? 谁来牵挂担心他们呢?

微微有些出神,被邓红看了出来,反被安慰道:"你别担心,晚上小张明就被送回来了!"

我不好意思地笑笑,随口就问了句"为啥?"但是立即反应过来了——因为小张明年龄不够,这应该算是被遣送回来了!

邓红哈哈大笑起来,说:"对的,之前说了,因为户口年龄是不满十二岁的!应该是晚上九点多公安局那边给我打电话,接电话一听说是公安局的,我的心咯噔一下,第一反应就是以为小张明又出了什么事,结果听到警察说因为孩子年龄不够,少管所不收,要我们把他接回来。说实话,当时真的是松了一口气,感觉浑身都轻松了。就这样,放下电话我就跟下午一起去的村干部开车又去乡里去接小张明,不过心情真的是完全不一样了!"

感觉之前邓红的讲述充满了对孩子、对村子的责任,有些讲述虽然是轻松的,但是也是被沉重托起的轻松。所以知道此刻的讲述应该如邓红所说,是轻松的,是令她欢喜的,想故意放大这份难得的轻松感,于是便多问了她一句:"怎么个轻松法?"

邓红拍着大腿,说:"就是把送走的人再接回来,有一种畅快的感觉。"这话从邓红嘴里轻快地跳脱出来,竟然莫名的感觉有点绵绵禅意。"我们接小张明回来到村委会都快十二点了,没办法就让小张明先在村委会的沙发上对付一个晚上吧,当时做这个决定的时候有村干部不太放心,还特意提醒了我一下,不过我没管,因为我相信这孩子。"

讲到这里,故事似乎就可以告一段落了,但我还是突然警醒地意识到,在这一系列的过程中,一个很重要的人——张明的爸爸,自始至终都没有出现过,抑或被邓红忽略了?于是疑惑地问邓红:"那张明的爸爸呢?不是有村干部去找了吗?找到了吗?"一旦好奇心发作,就不管三七二十一地连续发问,不过好在邓红接得住。

"找到了,去后山遛鸟去了。找到小张明他爸的时候我们都送完张明回来了。"邓红没好气地说,当然,白眼儿是不能少的。

"知道自己儿子被送到少管所后,他有没有说什么或者做出什么反应呢?"

邓红突然直起腰,抻着脖子瞪着眼睛很大声地说:"没有啊!连为什么都没问,干脆就没管!拎着鸟笼就回家了……"

心里装着一份疑虑,继续听邓红的讲述。

"我心想这孩子是真的指望不上他爸了,觉得这孩子又不坏,还是很可爱的,就不如好事做到底吧,于是联系了村里的小学,跟校长把小张明的情况说清楚了,看看能不能让张明读个书、上个学啥的,那校长还挺好,直接让小张明去读了四年级。"

"啊?那他能跟上吗?"

邓红无奈一笑,摆了摆手说:"哎,这里的学校不像你想象的那个样子,这边上学基本就是等于把孩子送过去,有老师帮忙管着,还管一顿饭,就跟上幼儿园差不多。你说那么多孩子就四五个老师,哪教得过来啊!"

我点点头,没再深追什么,刚才的思考实在太影响情绪。只是淡淡地问了句:"那一切都还顺利吧?"

但没想到竟然又有故事出现了!

邓红说:"上学是挺顺利的,不过还是有个小插曲的。我们给他送到学校,校长帮忙安排好教室和位置,简单叮嘱了他两句我们就走了。想着再去他家看看,跟他爸爸好好谈谈,也帮他家填补点家具啥的,就算是'补短板'了嘛。我和其他几个村干部买了各种生活用品,锅碗瓢盆啊啥都有,还把村委会的上下铺抬到了他家,一切都布置好之后刚回到村委会,就接到校长的电话了,说'邓书记,你快来看看吧,早上你送来的孩子昏死了!'"

我不由得瞪大眼睛,抻着脖子,一脸惊奇不敢相信地问:"啊?昏死过去了?"

邓红可能是怕我理解错了,赶紧解释:"对,就是晕过去了。我当时接到电话听校长这么说,就感觉一股热流直接冲到了头顶,赶紧开车就奔着学校去了,当时也不知道为什么会那么冲动,看到校长就拽着他的领子问他怎么回事,问他是不是有人欺负小张明了……后来一起去的村干部回来跟我说,我当时那声音都是吼出来,整个架势好像是要跟人家校长打架似的。但是我真的不知道,就是想弄清楚到底是怎么回事,想知道孩子到底有没有事,其他的什么也没想,感觉好像是有一点失去了理智似的。"

扶贫日记

我轻轻推了下眼镜,点点头,以示理解,因为实在不知道该说什么,感觉邓红这样的性格,能做出这样的事情,并不奇怪。

邓红继续说:"一起去的村干部拉开我,校长才说是小张明自己在操场跑,撞到宣传栏,自己撞得昏死过去了。后来我问小张明才知道,他是因为上学特别开心才满操场跑的,不过昏死过去是因为他站在台阶上往下跳,蹦的太高磕到了宣传栏的防雨棚上。"

我看着邓红,眼神中充满了不可思议,不过很快化作了两人默契的无可奈何的笑声。笑这孩子太可爱,也笑这孩子太顽皮。

"那张明后来咋样了,伤的严不严重啊?"

"还好,我让村医给他看了,就是你前两天去采访的那个大婶,她说没啥大事,给输了两瓶液。不过孩子磕得不轻,眼眶瘀青了好大一块。"

"哦哦,我说的嘛,没事怎么还昏死过去了,是磕到太阳穴那块了吧?"

邓红连忙点头,说:"对对对,就是磕的那块。"

我也点点头,感叹道:"这个小张明命好,多亏遇到您了,要不然还不知道得啥样呢?"说这话,一方面是指张明昏死这件事还好因为有邓红照顾,没什么大碍,另一方面,更是指生命里遇到邓红,说是被拯救,应该不算为过吧!

但除此之外,还是有个问题想问邓红,张开嘴却没能发出声,因为不忍心,干干的,又把嘴闭上了。

但邓红却说:"哎,农村的孩子自己也都皮实。"

突然觉得邓红的回答也是好极了,被磕的昏死过去自己能痊愈,人生的沟沟坎坎自己也能迈过去。疤痕虽然一道又一道,但也都挺过来了,农村的孩子皮实得很。

就这样,坎坎坷坷的,张明开始了自己的学生生涯。

邓红说她托人在城里帮张明买到了课本,还有书包和新衣服,张明每天穿着新衣服背着书包去上学,一切看着都跟其他的小孩子一样了。不过邓红还是担心张明以前自由散漫惯了,适应不了在学校被管束的规律生活,所以为了监督他,邓红让他每天放学到村委会吃点饭,再帮他补补课,从张明上学到现在已经两个多月了,邓红说她感觉张明越来越听话,当然也没再偷过东西,老师打电话来反馈也说张明在学校很乖,表现很好。

最后,邓红说:"看着孩子的生活慢慢走上正轨,我对村里扶贫工作也充满了信心!真的,虽然来到村里又是修路又是安路灯的,对村容村貌改变很大,但我觉得孩子的改变才是我做的最有意义的工作,因为他们才是村里的希望。"

邓红很健谈,也跟我讲述了很多与孩子相处的小细节,语言朴实而真切,让人动容。

但印象最深的,还是跟邓红去学校,当时正在上课,邓红在教室门口悄悄指着一个小男孩告诉我那个就是小张明。活泼好动又眼尖的小朋友一下就捕捉到了在门口微微探头的邓红,教室立刻骚动起来,发出喊喊喳喳的声音,但我还是准确地捕捉到了一位小学生的话语"张明,你邓妈妈来了"。一句简单的话,从小学生嘴里冒出来,足以印证了什么,说明了什么。

张明比班里其他同学,长得还是略大一点的,坐在教室中间的第三排,多少显得有些突兀。他嘴里含着铅笔,侧着头看向教室外的我和邓红,带着打量与思考,面无表情。邓红解释说他就这样,比较腼腆,熟了就好了。

但我真的发现,他看邓红的时候,眼睛里是有光的,星星点点,异常明亮。

后来,差不多三个多月之后,邓红打来电话说有好消息告诉我。

电话里,邓红说她不仅帮张明家里申请到了低保,还找到张明的舅舅跟他说明了张明的现状，舅舅知道张明变化这么大很意外，也表示愿意好好照看张明。邓红说她还专门帮张明办了一张银行卡，以后家里低保的钱都会打到她帮张明办的那张银行卡里，这样张明以后不管走到哪里，都会有一份最基本的保障。

听到这个消息，我也很开心。因为邓红解决了那个我没忍心问出口的问题——邓红驻村结束，小张明之后该怎么办？

2020 年 9 月 9 日　种下一颗种子

　　今天闲来无事,静静思考我的扶贫调研工作,发现距离第三次扶贫调研已经过去一个月了,距离第一次扶贫调研也已将近一年。回顾一路走来,对扶贫工作对扶贫村及生活其中的村民,似乎有了别样的感情与思考。

　　扶贫村的村民是朴素的,在这里,我要承认这种"朴素"的难能可贵,但是客观公正的审视,也会发现其中所裹挟着人对物质最原始的、本质的欲望,他们并不羞于表达,反而会表现得天经地义。所以很多时候,前去调研的同事,包括邓红、孙国龙刚刚驻村的那段日子里,对村民的思维与心理充满不解,充满困惑。那些我们努力读书自省才修正的"坏习惯"、那些我们在城市中极力抵触的"不文明",却在村子里光明正大地肆意着,比如扶贫物资的发放,总会有非贫困户前来讨要,甚至会因为没有物资而大闹村委会……温良恭俭让在这里时隐时现,让每一个试图以全局观去衡量、审视、分析的外来者都感到困惑、矛盾。

　　至少我是这样的,我不能即时地给村民的善恶好坏下一个结论,即使深入交谈过,也无法做一个确切的判断。他们在村里生活,双脚与大地紧紧相连,他们早已将命运交付于泥土,就像我分辨不出双手捧握着的泥土的肥沃与贫瘠一样,我同样看不清村民的善恶。他们的善在于虔诚,他们的恶在于"真实",但是"真实"本就是我们每个人毕生所追求的东西,在村民这里又怎会成为他们的弊病?如果一定要下一个结论,也许是他们太过于真实了吧!

这样的思考、疑问以及对他们的矛盾,险些给我带上有色眼镜,让我面对他们,不能保持清醒。但是好在有这样一次会议,改变了我的看法。

那是公司"扶贫二阶"总结会,有人将村民的生活状况以及思维方式做了汇报,简单来说就是认为村里人贪婪、好吃懒做、不懂感恩。汇报结束,会议室鸦雀无声。这样的判断与评价,也许每个人心中或多或少都会有一些,但是还从未有人将其拿到明面上讲,尤其是像这样公之于众,大家一时不知如何接话,只是不约而同地都将目光从汇报人的身上转移到田总身上,然后落到自己面前的电脑屏幕上。坐在会议室正位的田总也没有说什么,只是微微眯起眼睛,不易察觉地扫视着坐在会议室里的人,拿起茶杯轻轻地嘬了一口,茶水吸进口腔发出滋滋声,还有进入喉咙的咕嘟声,都不大,但是在安静的会议室里,却显得格外清晰。田总放下茶杯,不疾不徐,张口没有批评也没有肯定,只是淡淡地说:"在评判他们之前,我们理应让他们先穿暖、吃饱,用我们的良心、激情使他们获得安稳生活,在此之前,挑剔、指责都是无意义的。"

霎时间,一句话回答了我先前所有的困惑与矛盾。在吃不饱、穿不暖的人面前谈文明,确实太过奢侈。努力活着,对于村民来讲,已经拼尽所有力气了。

但是这并不意味着就要放弃"文明"。在"扶贫二阶"总结会上,扶贫小组对扶贫的情况作了详尽的汇报,各项指标均已达到国家脱贫要求,并提出下一步是要做好防返贫的工作目标。这时,田总说:"辛苦各位了,扶贫工作我们总体做得不错,但是刚刚大家也提出了一些现存问题,除了在有形的物质指标上完成扶贫任务外,我们是不是也要搞一些精神层面的工作?扶志扶智,让村民能够与自我、与环境、与社会、与时代相适应。我认为这可以作为公司扶贫工作第三阶段的一个课题,希望大家能够积极寻找有益的解决办法。"

田总常是这样,讲话不多,但却一针见血,三两句话解决了问题,也指明了下一步的工作方向。于是,公司扶贫第三阶段打出了"文化扶贫"的旗帜,扶贫小组的同事也开始积极思考、探索村民精神层面贫瘠的解决办法。于是也就有了下面的故事。

2020 年 4 月初,北京的风中有了春的味道,气温逐渐升高,年初的疫情也得到了进一步控制,大街小巷又开始升腾起人间烟火,虽不比寻常热闹,但也让人看到了希望的光亮。在黑暗笼罩下的人,看到了光亮,也就获得了前进的方向与动力,一切,似乎都在朝着好的方向发展着。

公司第三阶段的"文化扶贫"工作也就是在这样美好的光景下开启的。赵刚是公司总助,也是人力资源部总经理,作为一位"70 后",却能跟"90后"并肩站在潮流的风口,用之前一位实习生的话说就是:"你看赵总溜溜转的小眼睛,就不像国企传统意义上的老干部,主意多着呢!"所以"文化扶贫"的创新工作主要由赵总主导。

而赵总的第一个想法就是从儿童与读书两个关键点着手——为扶贫村的孩子筹建一座图书馆,并起名为"梦想图书馆"。虽然名字看似流于平俗,但是对于山村的孩子来说,没有什么比梦想更可贵,没有什么比读书更能改变命运的了,一座承载梦想的图书馆,是他们追梦的起点,更是他们通向梦想彼岸的路径。为了赋予"梦想图书馆"更多意义,公司微信公众号"华能梦·青春行"发出了图书募集的消息,消息一经发出,阅读量和转载率不断攀升,短短半个月的募集时间里,我们不断收到来自全国各地的图书,其中华能资本服务有限公司、张靓颖后援会海豚特工组、用友薪福社等公司、组织捐书均超过五百册。最终,募集图书加上公司自行采购的图书共计近万册,图书内容涉及文学、社会、历史、科学、画报等,均为中小学生适龄读物,整理齐备后,悉数寄送至发科小学,由邓红负责交接上架至"梦想图书馆"。

不仅如此,赵总充分发挥人力资源总经理职位优势,深谙公司同事特长,组织有书法特长的同事及其家人撰写书法作品,并精心装裱,用于图书馆室内装饰与警醒。同时,邀请深圳业务总部总经理兼深圳业务一部总经理陈华为"梦想图书馆"题字,人力资源部高四季亲自雕刻。总之,"梦想图书馆"处处都是公司的痕迹,是一座真正集公司同事合力所建造的图书馆。

图书馆图书上架完毕,字画悬挂完毕,布置工作似乎已经结束,梦想的光亮开始照耀孩子了。但这一切只是"文化扶贫"的开始。

图书馆内部建设完成,但是图书馆的外部仍是破败的,不仅是图书馆外部破败,整座学校的墙体都是破败的,墙皮脱落,墙表肮脏,墙上的图案更是老旧且幼稚,"那不如我们帮他们把学校粉刷一遍!"赵总说干就干,高四季迅速落实,联系清华大学"粉刷匠协会",双方碰头对接,迅速落实合作意向。

就这样,在2020年8月初,我与同事高四季携手由9名清华学子组成的"童画家"——清华大学赴贵州毕节实践支队再次进入扶贫村。这次进村,不仅要完成学校墙体粉刷工作,同时还有清华学子的支教工作。9名清华学子专业不尽相同,有美术专业、法律专业、建筑专业、自动化专业、航天航空专业,他们结合自己的专业课程,为山村孩子讲述"外面的世界",在孩子心中埋下一颗种子,让种子在岁月的浸染中慢慢发芽、生长、茁壮,直至托起孩子心中那份可贵的纯粹的梦想。

9 名清华学生所在城市各不同，根据便捷程度选择了不同的交通工具，我跟高四季乘坐飞机，所以与乘飞机前来的学生在机场汇合，邓红负责接应坐火车来的学生。我在机场见到的第一个学生叫作王安南，初相见就能感受到他身上的少年感。少年感不是年少的幼稚与单纯，而是追逐星辰大海的勇者光芒。就像邓红说的："我在火车站看到黎科和夏添第一眼时，就知道他们是我要接应的学生，身上的感觉就是不一样！"所以当我看到王安南，只用了不到十分钟的简短沟通，我就知道这次的活动，一定是精彩的，一定是别具意义的。

当然，带给我惊喜的不仅是学生，还有村子的变化。在入村的一路上，我惊奇的发现路边多出了很多垃圾箱，更看到有村民在往垃圾箱里倒垃圾。之前邓红就跟我讲过，村民随便乱扔垃圾，马路上、家门口、水沟里，到处都是垃圾，有的村民甚至不扔垃圾，就让垃圾在家里堆着，夏天气味大，冬天味道都散不去！为了改善这一情况，邓红特意向公司申请经费，为村里置办了很多个垃圾箱，就是为了方便村民扔垃圾，以便改善整个村子的卫生环境。但是当邓红满心欢喜地在村里安放完垃圾桶后的几天，邓红又开始抓头皮了——村民没有往垃圾箱扔垃圾的意识，"垃圾箱当时摆在那里什么样，现在就还是什么样！"邓红跟我吐槽着，说看来还需要花时间与力气引导他们往垃圾箱里扔垃圾。那时邓红还在满心愁苦呢，如今看来，这个问题，她已经顺利解决了！

而我们抵达官房村村委会全部汇合已经是晚上六点多，盛夏乡村的傍晚像宫崎骏笔下的动画，充满着浪漫与奇幻，晚霞与远山相接，青翠与橙黄，是大自然挥笔勾勒的画作。清华学生看到这样的场景，无一不赞叹，无一不拍照，少年的欢喜简单而明亮，充满对世界的好奇与新鲜。清华学生们

扶贫日记

第一次入村,邓红热情接待,带着学生参观,我跟在学生队伍的后面,听着邓红的"讲解"与学生私下的交流,心中充满静谧,就像眼前的夕阳穿透胸腔投射到我波澜不惊的心湖,暖意在心间悄悄升腾。

邓红的讲解比我们之前来时更加丰富了,因为村委会后面的空地修建了水池、花园,还建设了爱心屋——将公司及社会各界所捐赠的爱心物资全部陈列在爱心屋,供村民各取所需,避免爱心物资的浪费。邓红说:"有的时候你发放爱心物资,你不知道人家是不是需要,也不知道人家是不是愿意要,别看村民人穷,但是有的自尊心强着呢! 所以我就想,那倒不如就弄一个爱心屋,谁需要谁来拿,这样既保护了村民的尊严,也让物资能够真正得到充分利用,一举两得,这不挺好的吗!"邓红确实细致入微,但是这样的想法只有细致入微还不够,用心动情才是真。

参观完,吃过饭,晚上几个学生围在一起开始商量工作计划,比如美术专业的学生负责先在墙体画草图、描色框,非美术专业的学生则负责根据色框颜色进行大面积粉刷;比如晴天在外面刷墙,遭遇阴雨天就在室内支教……分工有序,计划十分得当。不过大家仍在担心粉刷工作不能如期完成,因为需要粉刷的墙体面积巨大,墙体彩绘又复杂,在粉刷过程中,需要不断赶工完成才行。不过幸运的是接下来的几天,天公作美,艳阳高照,粉刷进度十分顺利。每每提及此事,学生们都会笑着自封"晴天娃娃",笑容明朗且光亮,带着青春年少所特有的意气风发。

时间一闪而过,墙体粉刷与支教活动,全部都在半个月内完成。学校墙体粉刷完后,邓红特意召集村里的孩子前来参观,流着鼻涕灰头土脸的孩子们看到焕然一新的学校,不禁激动得大叫,小女孩捂着嘴巴,只露出一双瞪得大大的眼睛,小男孩忍不住上前摸一摸,质朴的小脸露出了灿烂的笑容。

其中一个来参观的小女孩跟邓红说："清华的哥哥姐姐真好,帮我们学校刷了新的图画,给我们讲了好多有趣的课,还跟我们一起做游戏,我要向哥哥姐姐们学习,以后长大要像他们一样,帮助很多很多需要帮助的人。"

邓红说清华的学生为村里的孩子埋下了一颗种子,让孩子们有了"想到外面看看"的想法。一颗善的种子发芽、成长、茁壮起来也许需要很久很久,但是为孩子们埋下那颗善的种子,却只是需要一堂课的时间。一堂课的时间能够影响一个人一生的成长方向,这就是文化的力量。

活动的成果喜人,赵总很高兴,高兴之余,那双小眼睛又开始转动起来了!我和高四季四目相对,知道又有新任务要做了。

赵总说："也让村民再接受下教育吧!我们再弄一个'领读者计划',建一个乡村书屋,让村民也有人教,也有地方读书学习。"于是,"文化扶贫"的第二项工作也开始启动了。按照赵总的指示,"领读者计划"是召集村子考上大学的孩子回乡带领当地村民进行学习,用身边鲜活的例子告诉村民学习改变命运的道理,然后利用村委会的场所以及号召力,组织村民学习,最终达到能够让村民自发学习、主动学习的目的。有了"梦想图书馆"的建设经验,这一次,我们直接与合作密切的公司联系进行捐赠事宜。

特许公认会计师公会(ACCA)华北区总监邵楠女士了解到活动详情,及时联系到 ACCA 北京办公室业务支持,同时合规经理郑晓媛女士与我们接洽捐赠事宜,并在一周内完成了图书采购与捐赠事宜;领带金融学院首席执行官(CEO)陈新辉先生不仅捐赠书籍,更愿意为升入大学的贫困学生免费提供学习账户,为他们打开更加宽广的知识获取渠道。

除却联系书籍捐赠,为了让"乡村书屋"更具社会化意义,我们还与哥伦比亚大学全球中心、耶鲁大学、中国新闻出版传媒集团、中国全民阅读媒体联盟以及天津人民出版社联合发起"乡村书屋"共建活动,每个大学、单位对接不同村庄,进行专项联建,让"乡村书屋"更有意义,更有价值,更有吸引力。

但让我没想到的是,在我们发起"领读者计划"和筹建"乡村书屋"的过程中,赵总与人资部另一位同事王宇韬又在商量着另一项计划——为扶贫村村民修建露天电影院以及健身休闲场所。目前露天电影院已经搭建完毕,王宇韬通过公司华小智慈善信托*购买了一套户外数字电影放映系统,由邓红负责保管与放映,邓红说:"建设这个露天电影院,我们村干部每周都会为村民播放优秀电影作品以及爱国题材红色影片,这样既丰富了村民的业余文化生活,也加强了村民的国家及民族认同感",而健身器械也在紧锣密鼓地进行着采购工作。

此刻,我坐在工位上,双手飞快敲击键盘,但是内心却久久不能平静。因为当我认真思考、细细盘点"文化扶贫"的所作所为,短短的几个月,竟然做了这么多工作,我无法想象赵总和同事们在完成公司繁重工作用了多少"之余"的时间与心力。盘点"文化扶贫"的这一阶段,从领导到员工,从公司内部到社会组织、机构甚至海外学校,从村庄的孩子到每一位成年村民,我们似乎正在悄悄构建着属于公司的"大扶贫"理念,但是这一切的出发点不过仅仅是想通过文化的力量来改变村民的思想观念。

我也曾在无数个深夜里认真思考、分析这样一个现象,为什么我们能够号召这么多人、这么多公司、这么多社会组织来帮助我们完成"文化扶贫"的相关工作?具体详尽的思考始终无法用文字表达,但是核心大概是关于

---

* 华小智慈善信托:2019年11月成立华能信托–华小智慈善信托计划,其金额来源于公司华小智金融科技实验室相关产品销售、培训、书籍出版收入,该信托计划的资金主要用来对贵州的教育以及文化扶贫事业,实现以智促智,精准扶贫的理念。

"文化的信仰"吧！在中国的每一个角落，不管是乡村还是城市，文化都是一种向上的力量，它让我们相信改变、相信奇迹，我们也终将因文化而自信。

所以对于扶贫村而言，文化，就是埋在孩子心中的那颗种子，就是村庄未来发展的启明星。

邓红与村干部送张明回家并劝导其父

在村委会大院打乒乓球的一对儿好朋友

梦想图书馆开馆第一天邓红与前来读书的孩子们合影

村里孩子与清华大学粉刷匠协会成员王安南的愉快相处

清华大学学生在村委会支教

邓红、孙国龙以及小学校长与清华学生在完成墙绘的图书馆前合影

发科小学学生韩玫妙的作文

学校：发科小学　年级：五年级　班级：一班　姓名：韩玫妙

我很感激她

　　我，出自一个贫苦的家庭，爸爸在我小时候就走了，妈妈也没过几年就改嫁了，奶奶和我们相依为命，终于有一天，我们的幸福终于要就到来了。

　　一天晚上，我们刚刚睡下，就听到了一阵响声："咚咚咚，咚咚咚……"原来是有人在敲门，我们想"那么晚了，还有人来干吗？"想到这儿，我的心里像端着只兔子一样，七上八下的，奶奶问道："是谁呀。"门外的一个声音说到，"是我们，我们给你们带了些东西。"听到这，我们压在心里的那块石头终于落了下来。原来是我们这些好委啊！

　　我们打开门，看见外面有一群人抬着箱子，领头的是我们村的村长，我们的书记说："这是我们公司的同事给你们的，他们都很同情你们，就叫我给你们买些东西，这里有些书和衣服。对了，还有北京的一小妹妹，她非常有爱心，给你们好多好多玩具，好了，即然都送完了，那我们走哇，早点睡。"说完他们就放下东西走了，顿时，我的眼睛里充满了泪水，我真不知道要怎么感谢他们，尤其是给我们东西的人。我们和他们非

143

亲非故的，可他们却常给我们一些东西，啊！原来世界上有那么多好人呀。

我想，只有学习才能回报他们，我一定要好好学习，长大也要像他们一样。

谢谢你们，亲爱的叔叔，阿姨。我是永远不会忘记你们的。祝你们工作顺利，天天开心。

第四章

新时代的春风

大而言之，在一个和平的年代里，完成心愿是简单的，追寻幸福是容易的，但是唯独那个有关"英雄"的梦想，似乎永远都是未解之谜——"英雄"已经变成大多数的我们可望而不可即的角色。这样的状态当然可以理解！没有了战火的燎烧，没有了枪炮的威逼，任何的困苦磨难都略显苍白。当然，这样的观念也与传统的"英雄主义"教育有着密切的联系。但是在新时代，传统的英雄形象正在被重塑，英雄也正在被重新定义。到底何为英雄？百姓心中自是清明。

　　新时代的春风迎面拂来，风中夹杂着鸟的鸣叫、花的清香、泥土的味道，还有不远处人们的欢声笑语。此刻，你不能说这些味道和声音独立于风的存在，更不能说风是超乎其外的。

　　新时代与英雄，多多少少亦如此。

2019 年 12 月 5 日　永远的纪念

今天在村子里调研，我发现坟墓是随处可见的。有时候，明明是在看风景，或者漫无目的随处张望着，也许就在这时，一方小小的坟墓就会猝不及防地闯入你的视野，让人不禁感到一丝寒意。

被带走的骨灰盒

面对这样随处挖坟埋人的现象，驻村书记成了改善问题的第一责任人，孙国龙告诉我他来到发科村已经规劝了两户村民火化老人，对待这个问题也算有一些自己的经验办法。于是，请孙国龙讲述出来，孙国龙说："这一切还要从入户走访说起。"

孙国龙入户走访的时候，发现陶姓村民原本就不避风雨的门窗大敞四开，心中纳闷的孙国龙一进屋就感叹：好在门窗都四敞大开着，不然屋子漆黑一片不说，味道也是非常地刺鼻。

孙国龙说，平日走访的时候，也会闻到村民家中各种奇奇怪怪的味道，

扶贫日记

比如发霉的味道、汗酸的味道,但是孙国龙一进屋就觉得这个陶姓村民家的味道有点不一样,但是既然为了工作而来,就应该不怕苦不怕累,这一点味道不算什么!孙国龙在心里想着,却还是不自觉地用手掩住了鼻子。再向屋里走去,孙国龙就看到了躺在床上的村民,原来这个陶姓村民已经在家躺了四天了,腿上的伤口已经开始腐烂了,而孙国龙一进屋闻到的味道,就是村民伤口腐烂发出的味道。尽管这样,但这个陶姓村民就这么硬生生地在床上躺了四天。

陶姓村民告诉孙国龙,自己腿上的伤口是之前去山里采药摔的,家里穷,看不起病,只能在家里躺着干挺,等着伤口自己愈合,可是没曾想伤口非但没有愈合,反而开始溃烂了。

我一边听孙国龙轻描淡写地讲述,一边不由自主地联想了村民的伤口,没忍住竟然对着孙国龙做出了一个很痛苦很不忍的表情。孙国龙可能没有想到我会是这样的表情,愣了一下,又赶紧补充解释道:"其实这不是陶姓村民身体问题的主要原因,他本身就有旧疾,这次上山采药也是因为最近一直肚子痛才去的。他身体真正的问题是在肚子痛。"其实当时我并没有理解孙国龙为什么这么说,但在接下来的讲述中,我寻见了答案。

我问孙国龙:"为什么老人生病没有人照顾呢?他的家人呢?"孙国龙告诉我:"陶姓村民有两个女儿,一个嫁到了纳雍县,一个嫁到了七星关,虽说算是走出了这个贫困山区,但是日子也并没有宽裕很多。"另外孙国龙特别提到,在当地有个风俗,女儿出嫁就不管娘家了,平时连回娘家都很少,就像是"嫁出去的女儿泼出去的水"一样,再来就是客了。

但尽管这样,孙国龙也没有因为所谓的风俗而搁置了救人的念头,他给陶姓村民的两个女儿打电话,让她们回来照顾父亲,但是听到两个女儿都拿不定主意,于是又给两个女儿的男人打电话,男人之间的事,向来都是爽快又豪情的那种,所以他们都痛快答应了孙国龙的要求——带着老婆来照顾自己的岳父。只是很多时候,人不得不实际一点,两个女婿也是一般家庭出身,日子过得苦哈哈,也支付不起高昂的医疗费用,因此实在地跟孙国龙说明了情况。孙国龙不能见死不救,答应他们自己掏钱帮老人看病,女儿女婿只要照顾好生病的老人就可以了。陶姓村民的女儿与女婿当然是痛快应允下来。

这边孙国龙联系发科村村干部,赶紧将老人送往医院,由于乡里医院医疗水平有限,没办法进行深入治疗,孙国龙只能再联系车送陶姓老人去县医院。村里又有工作走不开,老人的病情不能再耽搁,孙国龙实在放心不下,于是只能让其他村干部帮忙和村民一起送老人去赫章县里的医院。

孙国龙在村委会一边处理手头的工作,一边不安地等着消息,终于,电话响了,但是那边的村干部却告诉孙国龙赫章县的医院人满了,不能安排住院,孙国龙与值班医生简单沟通无果后要来了院长的电话,要直接与院长沟通。

听到这里,我十分惊讶,因为孙国龙在我的印象里一直都是埋头做事不出声的老实人,从未想过他会做出如此果决的事情,于是我问他:"要来院长的电话? 您给院长打电话了? "

孙国龙点点头,脸上浮起一丝与他老实人的形象不相符的狡黠的笑容,说:"我是给他们院长打电话了,人命关天,怎么能这么轻易放弃呢! "

"您是怎么跟院长说的? "

"我说市里面下来领导检查,发现村民生病无法医治,引起了高度重视,责令我们赶紧把人送到县里医院去治疗。您那边能不能想想办法,帮忙安置一个床位,毕竟是市里领导督查时候发现的,咱们得把工作做好啊。"院长听完孙国龙的话,长叹一口气,告诉孙国龙只能是想想办法,真的没有病房了。孙国龙一听院长松口，赶忙道谢。

没一会儿，一同前去的村干部便给孙国龙打来电话，告诉孙国龙村民住上院了，不过确实是没有病房了，只能是先在医院的走廊架一张床，等什么时候有病人出院，空出病房来才能搬进病房。孙国龙告诉我当时他想的是：都这个时候了，只要能接受治疗比什么都强，在医院走廊架张床是困难了点，但是保命最重要，所以在电话里告诉陪同前往的村干部："只要能接受治疗就行，先委屈下老人家。你们在那边照顾好老人，一定要等到老人女儿和女婿来了再走！给老人把住院用品备齐，再买点水果……"事无巨细，孙国龙在电话里逐一嘱咐着。

傍晚的时候，陶姓村民的两个女儿和女婿赶到了，得知这个消息，孙国龙感觉很欣慰，孩子还是很孝顺的，并没有想象中那么绝情，毕竟"嫁出去的女儿泼出去的水"是旧思想，是错误的，新时代的风迎面吹来，有些东西、有些观念，是要被改变、被破除的。

住院的第二天晚上，有病人出院，医院将陶姓村民转入病房里，再加上女儿的陪护，孙国龙这才放心。

但是在老人住院的第五天，孙国龙接到老人女儿打来的电话，说老人被确诊为癌症晚期。对于生活在这个贫困山区的老人来说，癌症晚期，无疑是被宣判死刑。说完之后老人的女儿在电话里泣不成声，但是孙国龙也没有办法，此刻，面对生死，无力感在孙国龙的内心翻江倒海。孙国龙没有挂电话，那边老人的女儿还在哭泣，孙国龙说不知过了多久，可能有好几分钟，也可能只是短短几秒钟，他就那么静静地听着老人女儿哭泣，什么话也没有说。后来老人女婿接过电话，孙国龙说："你们是一家人，你们商量怎么办吧，不管最后作什么决定，如果能帮助你们，我会尽全力帮助你们的。"

最后，老人的两个女儿和老人一起回到了村子里，女儿并没有把病情告诉老人,只是想陪在老人身边,让老人没有压力地走完人生的最后一段路。

孙国龙说:"虽说这两个女儿一年也不回来一次,但是最后也算是尽孝了,还有那两个女婿,也很支持,很贴心,也一直陪着老人,陪着自己的老婆。人心都是肉做的,哎!"

老人在回到家里第四天的夜里去世了。

孙国龙说,听老人的妻子说,老人走得很安详,没有痛苦,也没有吵闹,自从两个女儿嫁出去,一家团圆的时候太少了,老人能在一家团圆中离开,在爱人与女儿的陪伴下上路,也算是无憾了。

正好赶在两个女儿和女婿在家,陶姓老人的家人开始给老人张罗着办丧事。棺材板是现成的,老人半年前就给自己做好了,现在只需要摆灵堂以及等到日子就入土为安。

孙国龙听着陶姓老人家人的打算,一边为她们感到难过,但一边也在纠结要怎么开口——国家现在不让土葬,自己作为驻村扶贫第一书记,是需要抓这个问题的。在犹豫之际,他想起自己刚来村里时,就说服了一户村民把两年前去世的老人的尸体火化的场景,但是很显然,这个时候,当初的那个方法并不适用了,老人刚刚离去,家人全部沉浸在悲痛之中。

孙国龙看看一家人,叹了口气,摇摇头,转身出门离开了。

孙国龙在村里的路上慢慢走着,背着手,时不时叹口气,一会看看白菜地,一会看看远处的青山,孙国龙的内心十分纠结,到底该怎么办呢?这个口到底该怎么开?正被纠结折磨得恼火的时候,孙国龙突然看见了一旁小树林中的一座坟墓,之所以能够辨认出是坟墓,是因为木板做的墓碑倒在小土包的一旁。看到这一幕,孙国龙说他自己也感慨,村里的人活着的时候就住在破房子里,死后的"房子"也没人打理,还是破破烂烂的,再过几年估计都不会有人记得有这么个人存在了。

想到这里，感慨中的孙国龙眼前一亮，突然想到了解决办法。

孙国龙调转方向，回到了陶姓村民家中，看到老人家属的情绪相比刚才也平复不少，便直接开门见山，问他们打算怎么料理老人后事。他们的回答跟孙国龙想的一样——等日子到了，就把老人埋了，明天就去选地方。

孙国龙先是试探地问老人的家人，能不能把老人火化，答案在意料之中，按照当地的风俗，去世的人要入土为安，老人的家人不愿火化老人的尸体，说："给老人找个清静的地方立个碑，以后子子孙孙的也有个念想。"

"那以后你们要是都走了咋办？你看两个女儿都嫁出了村，子子孙孙还能回来吗？"孙国龙赶紧接话问道。

孙国龙自己也说没想到这一问竟然把一家子人都问蒙了，你看看我、我看看你，就是没有人接话。

于是孙国龙又接着说："我知道你们做女儿、女婿的都孝顺，但是等你们都走了谁来看老人啊？而且老人埋在地下过几年就腐烂了，墓碑、坟包也都渐渐风化，难道还要年年回来维修吗？"看老人的家人依旧没有说话，孙国龙继续说："所以我建议你们火化，再买个稍微好一点的骨灰盒，这样去哪里都能带着老人，在哪里都能纪念老人，也不用专程跑回村里来，比埋在地里好多了。"

老人的大女儿说："可是爹的棺材板都做好了！"

孙国龙明白她的意思，也是毫不含糊，说："那个棺材板没两天就烂了，是你爹自己做的，材料啥样你们比我清楚。这样，知道你们家里也困难，火化的钱还有骨灰盒的钱村委会出，你们看怎么样？"说完这话，孙国龙感觉老人的家人动了心，于是也没有继续说下去，而是留出了一个缓冲的余地，说："这是大事，你们商量商量，商量好了可以来村委会找我，填个申请表，我给你们拨钱。"

　　说完，孙国龙便转身离开了。孙国龙说他知道这个事肯定是没问题的，所以转身出门，走在回村委会的路上的时候，感觉自己整个人都是轻松的。

　　果然，下午的时候，老人的大女儿和大女婿就来村委会找到了孙国龙，表示一家人商量后决定将老人火化，并填好了火化资金申请表。两天后，孙国龙陪着一家人去乡里火化老人的遗体。

　　后来，孙国龙说老人的爱人捧着骨灰盒去了七星关区，住进了大女儿家，平时没事帮大女儿看看孩子，打扫打扫卫生，做做饭，虽然日子是清贫的，但终究不像在这个村里的日子一样穷困了，老了老了，也算是过上了不愁吃穿的生活。

　　但是我的关注点不同，我关注的是被他们带走的骨灰盒。不知道他们会将骨灰盒置于何地，但是我想，不管他们将骨灰盒放在哪里，应该都不至于像村里这些坟墓一样，依旧在与贫困"纠缠不清"。

2020 年 5 月 21 日　战"疫"二三事

　　近来,疫情终于得到了有效控制。这几天,我和邓江、孙国龙视频通话都在聊防疫的事情,索性将他们的防疫工作稍作梳理,作为本篇日记的主题。

　　或许,每个人心中都藏有一个"英雄梦",那些我们儿时满大街叫嚷着的梦想,那些我们无数次写进日记本里的心愿,都是这个"英雄梦"的有机组成部分。只是很多时候,随着时间的推移,伴着成长的脚步,我们慢慢学会了缄口不言。但是沉默并不代表遗忘。倘若在未来的某一天,这颗名为"英雄梦"的种子见到阳光、遇到雨露、逢着春风,便会如雨后春笋般地疯狂成长,这时,我们才会惊奇地发现:原来身边的每一个平凡人,都是隐藏着的英雄;原来英雄,也是芸芸众生中的平凡一员。

　　就像 2020 年的这个春节,新型冠状病毒肺炎在九省通衢、荆楚之地暴发,疫情来势凶猛,让一座千万级人口的城市倏忽间几乎丧失了全部活力,国人的目光、世界的目光全部聚焦在了这座英雄的城市——武汉。由于疫情发展态势超乎想象,很快,武汉的物资及医护人员陷入紧缺状态。此时,在党和国家的号召下,其他地区纷纷以派出医疗团队、捐赠物资的方式尽己之力来驰援武汉。在党和国家的英明指挥下,在全国人民万众一心共抗疫情的团结中,疫情逐渐得到控制,并持续保持向好态势。

在这个过程中,全国人民都在关注着武汉,为武汉揪着心,也在为武汉默默地祈祷着。

然而很多时候,人们在"聚焦"的过程中,会对焦点所发生的一切"明察秋毫",但对焦点以外所发生的事情,会处在一种"选择性失明"的状态,而有所忽略。

疫情在全国范围内蔓延,除了武汉地区,其实我们身边也有很多战斗在抗"疫"一线的"无名英雄",他们是值守大厦的保安大哥,他们是运送物资的司机师傅,他们更是入户排查的居委会(村委会)工作人员……每一位在疫情期间坚守岗位的工作人员、每一个居家隔离不随意走动的你、我、他,都是这场战"疫"中的英雄。

而我的两位同事——派驻在贫困村任驻村扶贫第一书记的邓红、孙国龙,也是这场战"疫"中的英雄,更是奋斗在扶贫村战"疫"一线中的一员。邓红和孙国龙告诉我,在得知疫情暴发的消息后,两人第一时间就返回到各自负责的村子组织战"疫",此时又接到上级通知,要求组织好村民群众,共同做好疫情防控工作。就这样,大年初二,两人就火急火燎地返回了扶贫村,并迅速进入到扶贫第一书记的角色中。邓红说:"回村以后,基本是以无休的状态全身心地投入到村里抗疫一线的工作中。"两人返回各自的扶贫村以后,都在第一时间组织村干部和全村党员召开疫情防控工作会,集中布置各项疫情防控举措。

由于邓红的官房村、孙国龙的发科村以及另外一个相邻村庄被一条路贯穿,不管出入哪个村,都是一条路,所以在上级部门的统筹安排下,这三个村子共同组成一个疫情防控队伍,在贯穿三个村子的路口设置卡点,严格管控三个村子人员与车辆的出入往来。

孙国龙说虽然村子闭塞落后，不像城市那样人员密集、往来频繁，但是村民的思想也落后，一方面是抱着"偏远山区病毒进不来"的侥幸心理，表现得满不在乎；另一方面村子少数民族爱热闹，又赶上重要的节日，聚会特别多，所以整体管控起来也很吃力，需要做很多的思想工作。

所以三个村子的村干部除了组成一个疫情防控队伍在村口卡点值守外，还需要再以各自所管辖的村子为单位挨家入户排查、宣传防疫知识、统计排查外来人员、按时消毒公共场所，以确保村民们的身体健康与生命安全。孙国龙说由于贫困村村民文化水平普遍偏低，接受能力也存在差异，因此疫情防控宣传工作不仅要避免"力度不够"，难以引起村民重视，还要防止"用力过猛"，引发村民恐慌情绪。所以孙国龙还学着其他地区的做法编制了很多既接地气又朗朗上口的宣传口号，比如"发现疫情要隔离，防范主要靠自己""出门必须戴口罩，人多别去凑热闹""挣钱不在多与少，不在外面到处跑，等待疫情有好转，不论干啥都不晚"，等等，为了让少数民族村民更好理解，孙国龙还贴心地请人把宣传口号翻译成了当地少数民族的语言，起到了双重宣传的效果。

由于这些宣传口号十分符合当地的语言习惯，又带有一丝诙谐幽默，再加上不值守的时候，孙国龙会带着由村干部和党员组成的巡逻小队在村里走街串巷地循环播放，因此很快就使"不聚会、不出门、戴口罩、严防控"的防疫理念深入村民心中。

本以为这样走街串巷、挨家入户的宣传、排查就是很辛苦的工作了，但是在问及"防疫期间最辛苦的工作"时，邓红和孙国龙竟异口同声地告诉我，最辛苦的工作是在村口卡点值守。在疫情期间，两人和村干部们24小时轮流在卡点执勤，严格管理人员进出，全力降低村中村民的感染风险。

当时的孙国龙,高血压十分严重,还诱发了许多其他疾病,由于一心忙于村里脱贫工作,孙国龙自己竟然都说不出自己得的是什么病,就是每天都在大把吃药。他说:"我就记得有一个病好像是叫'呼吸骤停'。"语气中带着略略的迟疑,一个连自己生了什么病都不知道的人,却每天坚守在卡点值守的岗位劝返村民和往来车辆,他说:"别看我说不出自己病的名字,但是我们村的人,我可都认识!"与刚才说自己生病情况时相比,言语里带着小小的骄傲。

其实呼吸骤停每个人都会有,在正常情况下,一晚上不能超过五次,但是孙国龙一晚上会骤停几十次,病情十分严重,以致后来,孙国龙需要吸氧才能维持正常的呼吸。

村干部之前也劝阻过孙国龙,让他值守白天就可以了,晚上的值守几个年轻村干部轮流着来就可以,但是孙国龙没有答应,孙国龙说:"那几个说是年轻的村干部,实际上就比我小几岁,也是上岁数的人了,我怎么能让他们这么辛苦,自己一个人回去睡觉呢!"但是自从孙国龙不得不用吸氧机才能维持正常呼吸之后,一起工作的其他村干部在担心孙国龙的身体之余,更感动于孙国龙的恪尽职守。

几个村干部私下开了个小会,商量着先把孙国龙"劝返",由于太过了解孙国龙的脾气性格,所以知道如果只让孙国龙值守白天他是不会答应的,最后几个村干部商量出来的方案是孙国龙每天值守最晚只能到夜里十二点,之后必须回村委会休息。一开始孙国龙并不同意,但是奈何不了其他村干部的强烈坚持,再加上自己身体确实也有些吃不消,最后只能无奈地妥协,接受了村干部们的提议。

讲到这里时,孙国龙的表情依旧是平静的,但是眼角却闪烁着星星点点的光芒,疾病、困难和贫穷没有让这位驻村干部流泪,但是一起工作的村干部的关怀,却让这位坚强的驻村书记湿润了眼眶。

战"疫"的前提是团结,团结是人与人的牵手,心与心的相连,手心握在一起,那温暖的感受才是真实的。就像邓红说的,战"疫"的温暖不仅来自一起工作的村干部,也来自她们全力守候、保护的村民。

正月十五元宵节,正是贵州最湿冷的时候,远远的,邓红就看见一位村民骑着摩托车向值守的卡点疾驰而来,村民认识邓红,直接就把车停到了邓红面前,没有熄火,一脚有力地撑着地面,毫不客气地说:"我要出村!"邓红问他出村做什么他也不说,还恶狠狠地呵斥邓红不要多管闲事。

邓红说:"其实看到他那么凶狠,心里也是有点害怕的。"但当时正是疫情暴发最严重的时候,邓红知道自己身后守护的是全村村民的生命安全,容不得半点马虎大意,所以当时邓红虽然心里有那么一丝一毫的畏惧,但是也并没有表现出来,反而很耐心地规劝村民不要出村,只可惜几番劝说都无果,最后无奈的邓红只能坚定地告诉村民"不放!"

村民看邓红是铁了心不放行,倒也没再多说什么,只是瞪了邓红一眼,转身就走了。邓红心里当然是不舒服的,明明是在保护村民的生命安全,却不被理解,还被瞪了一眼,但是工作在前、任务为先,只要村民没有出村,一切都在安全无隐患的状态下,她也就没再追究什么,也没有多说什么。

但是没想到的是当天晚上快十二点的时候,邓红和其他一起值守的村干部正在帐篷内汇总交流当日疫情防控情况,就听见帐篷外面远远传来了摩托车的声音,以为又有人要出村,邓红和其他村干部便赶紧走出帐篷准备拦截。

摩托车却停在了帐篷旁边,邓红定睛一看,正是白天叫嚷着要出村还瞪了他一眼的那位村民,邓红以为他又要死缠烂打地要出村,刚要上前规劝,却看见村民跨下摩托车,拎着几大瓶饮料、一箱方便面和一打鸡蛋走了过来，站定在邓红面前，很不好意思地说："白天我是着急，态度不好，大过年这么冷的天，你们为了我们的安全在这里执勤，你们辛苦了，我代表咱们村子的人谢谢你们。"

质朴的话语让饥寒交迫的邓红很是感动，不禁红了眼眶，所有的委屈顷刻间烟消云散，取而代之的是在这个湿冷天气里打心底里翻涌而起的暖意。

邓红说全体村干部在元宵节远离家人坚守岗位，就是为了守护村民的安全，现在能够得到村民的理解、感恩，觉得一切都是值得的！现在想来，虽然元宵节没能吃上热乎乎的汤圆，但是大家聚在一起分享村民送来的鸡蛋，也代表另一种团圆，心里依然是暖暖的。

忘记曾在哪篇文章中看到过的一段话，是写疫情下的武汉的，但是觉得用在此处也是无比的恰切，大意如下：

> 庚子年元宵节，不同以往。疫情围城下的武汉，安静凝重。今夜团圆，但他们，却难团圆。医生、护士、社区干部、心理咨询师……为了战胜疫情，越来越多的人正在冲向战"疫"最前线。

元宵前夜，他们在守护万家灯火。

邓红、孙国龙，守护的不是万家灯火，但却是万家灯火中不可或缺的一分子。

当然，邓红除了竭力守护本村村民外，也充分利用村子的富产物资，帮助到了更多有需要的地方。由于疫情原因，交通封闭，市面新鲜蔬菜十分紧缺，得知这个消息，邓红带领全村干部及村民连夜采摘了 30 多吨蔬菜，第一时间捐赠给赫章县 3 个扶贫搬迁社区、4 家医院、赫章县湖北返乡人员隔离酒店等,让 5 万多人吃到了官房村村民自己种的有机蔬菜。后期,邓红又捐献了 20 多吨蔬菜给赫章红十字会运送到湖北,用邓红的话说就是:"能以这样的方式为抗击疫情尽绵薄之力,作为一个普通公民、一个基层党员、一个驻村书记,自豪感油然而生。"

大而言之,在一个和平的年代里,完成心愿是简单的,追寻幸福是容易的,但是唯独那个有关"英雄"的梦想,似乎永远都是未解之谜,"英雄"已经变成大多数的我们可望而不可即的角色。这样的状态当然可以理解!没有了战火的燎烧,没有了枪炮的威逼,任何的困苦磨难都略显苍白。当然,这样的观念也与传统的"英雄主义"教育有着密切的联系。但是在新时代,传统的英雄形象正在被重塑,英雄也正在被重新定义。到底何为英雄?百姓心中自是清明。

新时代的春风迎面拂来,风中夹杂着鸟的鸣叫、花的清香、泥土的味道,还有不远处人们的欢声笑语,此刻,你不能说这些味道和声音独立于风的存在,更不能说风是超乎其外的。

新时代与英雄,多多少少亦如此。

2020 年 10 月 10 日　村民的小故事

对扶贫村调研材料整理得越来越细了，但剩余材料却越来越碎片化。今天，就将碎片化的故事遵循某一共性汇集成一篇日记。

在扶贫村做调研的日子里，每一天都过得特别快，因为每一天都会有热气腾腾的小事情发生，包括每次采访邓红、孙国龙，他们也都会讲述很多有温度的小故事，这些故事很微小，有的三五句话就能说清楚，简单得会让人直呼不过瘾，但这些故事又很真实，每一个故事里都有村民生活的轨迹，跳动着人的脉搏，聚焦着时代变迁中芸芸众生的琐碎。

一开始，我很嫌弃这些故事，因为对于一个写作者来说，不知道该怎么把它们写成一篇篇文章，这些故事太过零散微小，像是沙土一样的存在，而且这些故事里，大多也充满着村民为何贫困的原因。但是这样的故事多了，慢慢地发现在这背后却也呈现着人性的真实，有晦涩的不堪，也有闪光的美好，将其串联起来，便成了壮美的海滩，是有珠贝可供捡拾的。所以在这里，我将这些小故事逐一辑录在一起，让在这里生活的村民的真实、生动的面孔得以展现。

不想像小偷一样

在脱贫攻坚的任务中，首先有一项工作是"补短板"。所谓补短板，就是帮助村民把生活必需品补全，生活必需品包括桌椅板凳、油盐酱醋等物品。而补短板的对象主要是针对建档立卡的贫困户，村民缺什么，需要驻村扶贫第一书记到贫困户家中核实，逐一登记。工作量不小，但这项工作做好了对村民生活水平的提升有相当大的助力。

孙国龙在进行补短板的项目时严格按照文件要求进行，本着公开公正的原则，村民非常配合，所以整个补短板的进程非常顺利。但是孙国龙说，问题就出在了补短板结束的时候。

在补短板项目结束的第二天，一家贫困户来到村委会找到了孙国龙，说自家的衣柜又小又破，想让孙国龙给换一个新的。孙国龙在补短板向公司做经费申请的时候，衣柜完全是按照实用、质优的标准来做的申请汇报，所以当村民看到其他贫困户家补给的新衣柜又大又好的时候，心中难免不平衡，所以专门来找孙国龙要求给重新补一个衣柜。

孙国龙看着眼前的两口子，他认识他们，他们确实是贫困户，但是家里已经有衣柜了，不需要额外补衣柜的"短板"，此时来找孙国龙，无非是因为对比了其他贫困户家里新补的衣柜，心理不平衡。所以孙国龙很理解，缓缓开口，说："这个补短板就是补你们家里没有的生活必需品，当时去你家登记的时候，你们家里有衣柜，所以衣柜这块没有短板，是不能发给你们的。"

这三言两语怎么能劝回两人呢？若是能，两人也不会专门跑到村委会来找孙国龙了。

孙国龙说："我这都是按规矩办事，上面怎么要求，我这儿就怎么办，我

162

跟大家非亲非故,不会偏袒谁,也不会亏待谁的,你说是不是？"

贫困户家的女人说:"可是我家的衣柜又小又破,为什么不能给我们换一个新的衣柜呢？那么多家都发了,还差我们这一家了？"

"如果给了你,大家都找我们怎么办？不差你这一家,那其他村民怎么想？这一家不差那一家不差,回头全村村民家都不差了。你们这样不行的,不能给你们换,有就先用着吧！"

贫困户夫妻俩依旧听不进孙国龙的话,执意要换一个新的衣柜,孙国龙看两人很坚决,又考虑到两人确实是贫困户,能帮一下就帮一下吧！可是衣柜都是按照申报户数买的,不多不少,已经全部发放完了,这该怎么办呢？

于是孙国龙说:"这样吧,你们别着急,我这边再想想办法,既然你们提出了这个要求,我可以帮你们换一个衣柜,你们的家庭情况我是了解的,确实困难,但是这个事情对外不好讲,我给你们方便,你们也给我行个方便,你们先回去,等晚上再来搬衣柜,别让别人看见了。"

夫妻俩听到孙国龙松了口,倒也识趣,丢了句"谢谢孙书记"就回家了。

这时孙国龙的爱人走了进来,她在门外站了许久,屋内的对话听得一清二楚,不高兴地说:"你看他们为啥是贫困户,就是不努力赚钱,总是管别人要东西,爱占小便宜,有这功夫多干点活,不就什么都有了吗！"孙国龙也没有说什么,事实确实如此,无法辩驳,只是叹息道:"哎,这两口子也不容易,有四个孩子要养活呢！"孙国龙的爱人问孙国龙:"我记得你是按照登记数做的申报,经费紧张,柜子可丁可卯,现在哪有多余的柜子给他们啊？"孙国龙挠着头,一脸为难地说:"我也在想这个事情呢,村民有困难,咱又不可能坐视不理,我去过他家两次,确实困难,他家那个衣柜我见过,能用是能用,但是也确实该换了,当时他们没提出换衣柜的想法,我也就没多想,早知道我就应该多问一嘴,这也是自己工作不细致,没有为村民多想一步。"

听到孙国龙开始埋怨自己,孙国龙爱人连忙打断了孙国龙,有些责怪但更是安慰地说:"老毛病又犯了!"

"所以我想跟你商量下,把你刚来村里买的衣柜送给他们吧,过后咱们再买一个,先帮他们把问题解决了。"

孙国龙的爱人没有说话。孙国龙觉得自己想的办法还算周到,最起码能先解决村民的问题,虽然自己和爱人暂时没有衣柜使用,但是两人在村里的生活本就一切从简,一共也没有几件衣服,所以也不会有什么太大影响。只是孙国龙看到爱人没有回答,连忙追问了好几个"你觉得呢?"

孙国龙的爱人放下手中的活计,转过身说:"你都答应人家了,我还能说什么,也就只能这样了!"说完给了孙国龙一个白眼,转身就走出了村委会。

孙国龙忙喊道:"你干啥去?"

"把衣服收拾出来啊!给他们腾空衣柜!"孙国龙爱人的声音从门外传到屋里,在孙国龙的耳边回响了良久。孙国龙默默地笑了。

傍晚的时候,讨要衣柜的贫困户家的女人独自来到了村委会,孙国龙见她来,赶紧起身要带她去取衣柜,孙国龙向门外看了看,也没见男人,问:"你家男人呢?你自己搬不动的啊?"

女人搓着手,低着头,不好意思地说:"孙书记,不好意思啊,这个衣柜我们不要了,回家想了想确实是我们不对,你让我们晚上来搬衣柜,还不让人家看见,感觉像是小偷一样,我们也不想像小偷一样拿东西。"

孙国龙说:"哎,你们想多了,村里补短板的衣柜确实已经都发完了,你要是不嫌弃,可以把我们的衣柜拿走,这个没事,算我送你们的,不用晚上来拿,明天白天来拿也行,这个不怕别人看见,快叫你家男人过来取吧!"

女人一听,脸瞬间红了起来,丢下了一连串的"不要了"后就跑出了村委会。

孙国龙告诉我，那家夫妻俩确实没有再跟孙国龙提换衣柜的事情，但是后来，孙国龙还是找村干部帮忙，把自己的衣柜送到了他们家中。

孙国龙说："贫困户家中确实是困难的，既然他们能主动找我提出要求，我必须尽量满足。虽然初衷可能不那么好，但是困难和问题是实在的。不过这一次也给了我一个教训，下次做事的时候应该多想想多问问，把眼光放长远点，尽量为村民把事情办周到，办利索，别留下后顾之忧。"

你得给我几车沙子

无独有偶，类似的事情，邓红在为村民做路面硬化项目的时候也遇到了。

邓红说她在做路面硬化项目的时候，其中有两项内容是要为村民修建连户路以及村民家门前院坝硬化。连户路是在村民家门前修一条小路，小路连接村中大路，方便村民出行。院坝硬化是帮助村民在院子里或者是门前修建二十平方米左右的水泥面，供村民在自家门前休闲活动。

都是好的项目，都是方便村民生活的事情，但是让人理解不了的是，在去村民家量面积做规划的时候，一小部分村民竟然阻止邓红这样做，说自己家不需要，甚至不惜拿出自家的大件物品放在门口和路中间来阻挡邓红和其他村干部。

邓红说她当时被气坏了，也不知道村民是怎么想的！明明就是百分之百帮助他们的事情，不领情就不说了，竟然还不让做。没办法，对于做了几番思想工作都做不通的村民，邓红决定先放弃这几户人家，不能因小失大，还是要顾全村子大局的，毕竟还有那么多村民支持着、期盼着呢。

路面硬化工程很快施工，进展顺利，除了几户百般阻挠的村民家门前没有做,其余都已竣工,村容村貌改善效果十分明显,村民的生活质量更是得到明显提高,大家都很高兴。之前不同意但是被邓红做通思想工作的村民看到自家门前平坦干净的小路和院坝,也都纷纷跑来感谢邓红,说:"幸亏当时听了邓书记的话,现在家门前干净了不说,就连出村也方便了很多,出门再也不用'晴天一身灰,雨天一脚泥'了。"

就在邓红还沉浸在工程竣工的喜悦当中时,之前不同意自家门前做路面硬化项目工程的村民却跑来找到邓红,说自己想通了,也要在门前修建连户路,让邓红也给自己家门前打一个水泥平台。

一个项目的施工,需要财力、物力、人力等多方面的支撑,就算邓红想帮这几个村民修建,但是项目竣工,条件也不允许了。邓红也很恼火,当初自己为了帮这几户人家做路面硬化项目的思想工作跑过好几趟,但是这几户村民就像串通好了似的,谁都不同意,态度一个比一个坚决,而今项目竣工,看到别人家门前干净又漂亮,就又跑来嚷嚷着自己家门前也要做硬化,实在太过随意了。邓红很生气,并没有答应他们。邓红没有答应他们并不是因为赌气,而是因为确实没有施工条件了。

见邓红态度坚决,几个村民悻悻而归。邓红本以为这件事就这么过去了,心中正盘算着找机会看看再向公司申请资金,为这几户村民把门前的路和院坝硬化一下。但是令邓红意外的是,第二天,村民又来找到邓红,这回不像上次一样是几户一起,而是昨天来过的其中一户。邓红说看到这户村民笑嘻嘻地走进来,以为是来办事情的,但是张口竟然是向邓红要两车沙子,邓红问为什么要给他沙子,结果村民说:"你不是没给我修路修院子吗,直接给我沙子也行,不用你修了。"

邓红一听,竟然被气笑了,一时不知该怎么回答村民提出的无理要求。邓红想了想说:"一开始我跑你家那么多次,你都不同意在你家门前动工,现在后悔了，就让我去给你修路，不给你修路你就问我要沙子，你这个人做事情怎么不为别人想想呢？我虽说是来扶贫的，但是扶贫资金也是公司给的，怎么能随便买沙子给你？没有！"邓红脾气耿直，做事痛快，直接拒绝了村民。

一旁的村干部也看不下去了，觉得村民的要求实在过分，又看邓红真的很生气，于是半推半劝地把村民拉出了村委会。之后，村民就再也没找过邓红提路面硬化和要沙子的事情。

我听着也是一头雾水，村民怎么会有这样的想法？又怎么好意思提出来？于是笑着问邓红："那后来您怎么办了呢？那些没有做路面硬化工程的村民家门口，总不能一直这样吧，这样也是影响村容村貌的呀。"

邓红说："是啊，肯定不能这样，虽说这件事他们做得确实过分，但咱毕竟是来工作的，是来帮村民解决问题的，怎么可能一直跟他们怄气？"

"那您怎么办？"

"后来田总来村里视察做调研，我把情况跟田总反映了，田总说'该修还是要修的，他们的问题不是人心的问题，是思想的问题，毕竟环境在这摆着呢，平时在公司跟清华北大的高才生待久了，也要适当地把思想回归泥土，从泥土地里思考问题，向泥土地求解，这样才能把村里的工作干好！'田总的这几句话说得我五体投地，确实，我从小在城里生活，不了解村里人的思想，也应该多站在他们的角度思考问题。于是我就给这几家做了相应的预算和方案，提交给公司也得到了批复，现在正准备材料和召集人手呢，估计没两天就可以动工了。"邓红坐在我面前，讲得感慨万千，尤其是在复述田总的话的时候也震惊到了我，我从没想过，这么深刻的道理，竟能像拉家常一样淡淡地说出来，那么真诚且笃定，心房不由为之一颤。

一直生活在城市里的邓红从没有真正体验过农村的生活方式，但是在驻村工作的日子里,她却拼尽全力地融入其中!但是好在,所有的努力等不白费,邓红的工作十分出色,得到了省、县、乡各级检查队伍的认可。

而邓红告诉我,之所以现在能够取得这样的成果与成绩,实际上归根结底还是要感谢田总的点醒——从泥土地里思考问题,向泥土地求解。在田总的启发下,邓红凡事都学会了转换思考,多从村民的角度看问题,扶贫工作做得越来越像从泥土地里土生土长的村干部。

路灯的朝向

"路灯路灯,就是照路的灯嘛!但是我当时安装路灯的时候,有些村民非要让我把灯转向他家院子里,要是让这灯去照院子,这样的话,那这灯还能叫路灯吗?"刘师傅坐在我的对面,淡淡地对我说。若不是亲自采访,我真不相信村里还有刘师傅这样的"能人",我认为刘师傅的"能"主要体现在两个方面:一是竟然能将这么一句情感饱满的话淡淡地讲述出来,淡然的就好像见惯了太阳东升西落似的;二是刘师傅本身有技术,在村里帮了邓红很大的忙,为村子的脱贫工作付出了很多汗水。

刘师傅是邓红请来的工程技术顾问,从村子的硬化工程到路灯安装,所有的技术问题都是刘师傅一手操刀,亲自指挥,得知村子里有这么一号人物,当然要请来聊一聊,毕竟这些工程的实施只靠力气是远远不够的,技术才是工程的筋脉,贯穿着全程。

第一次见刘师傅应该是刚到村委会的时候,一群人围着我们,邓红挨个介绍,由于紧张与陌生,也没有太过深刻的印象,只是隐约记得邓红开玩笑地说他是"编外扶贫干部",一直在帮助村委会做着力所能及的工作。而此刻,单独与刘师傅面对面,重新认真打量眼前的这个人,确有不一样的感觉。刘师傅个儿不高,棕色皮肤,身上的质朴气质和面部轮廓,一看就是土生土长的贵州人,但不一样的是,刘师傅之前走南闯北做工程,眼界、见识以及阅历所形成的另一种气质带着沉稳、淡然、干练,与本身的质朴融合得恰到好处。当然,其间也会裹挟几分精明。

我问刘师傅:"他们怎么跟你说的?就这么赤裸裸地要求把路灯转向自己家院子吗?"其实我知道这是一句废话,按照之前邓红、孙国龙的讲述,村民提出这样的要求其实是不意外的,而且更不需要什么委婉回旋。任何事情在村民这里都可以简单粗暴地解决,任何要求也都可以理直气壮地提出,行就行,不行就再软磨硬泡一番,如果实在不成,也不损失什么,一旦成了,那就是皆大欢喜。但我还是想听刘师傅的答案,因为他与邓红、孙国龙不同,刘师傅从小长在这里,二十几岁才外出打拼,如今返乡,是归根。一个根在这里的人,骨子里的精气神与这里的一切都是相通的,所以他的角度、他的情感,包括他对自己父老乡亲的解读,是有别样意义的。

刘师傅说:"对啊,当时路灯埋到土里正准备固定螺丝,刚开始拧就听见有人在大喊'错了,方向不对!',抬头一看,是房子的主人,路灯就安在他家大门口旁边,我们都认识,也挺熟的,他跑过来说'你这样安不行的,转过来,灯头冲院里,我家院子、屋子也亮了'。我当时第一次遇到这样的情况,半天没反应过来。"

刘师傅回答得很详细,但是我却感觉一拳打在了棉花上,连忙追问:"您不生气吗?"

"生气?生什么气?"刘师傅一脸疑惑地看着我。

被刘师傅这样反问,我愣了一下,也意识到了一个很严重的现实问题,是关于"我"和"他们"的距离,很显然刘师傅在避重就轻、绕弯子。如果我像采访邓红、孙国龙那样温柔地引导、含蓄地挖掘,恐怕是采访不到什么东西了。虽然明白自己这个"外来人"的身份,但是仍觉得委屈,我不过是想要一个真实的状态,没有褒贬,也不刻意渲染,只是诚实地记录,记录一个深度贫困村在大时代变迁下改变的过程、发展的过程、创造的过程。当然,是包含物质与精神双重方面的,但是刘师傅这样防御的状态,又将如何让记录称得上"记录"呢?既然这样,我决定也不再"温柔",开门见山,单刀直入。

"您不觉得村民提出这样的要求过分吗?而且还这么直白,怎么好意思说得出口?"

刘师傅,眯了眯眼,不动声色地说:"很正常,穷一辈子了,见好东西谁不眼馋,而且找我的不止他一个,有好几个都跟我打过招呼。我们农村人,没什么文化,不会绕弯弯,喜欢就要,我从小在这里长大,见惯了,觉得挺正常的。"

"可是您是走出过村子的人,回来看到村子的现状不忧虑吗?"

"所以我才帮邓书记干活儿。"

刘师傅言简意赅,竟让我一时语塞,不知道该说什么,问什么。见我没接话,刘师傅接着补充说:"我是二十一岁离开的村子,当时也不愿意走,但是没办法,家里揭不开锅了,不得不走,出去跟着包工队走南闯北,好心人、黑心人,什么样的人都见过,我反倒更觉得村子里的人更可爱,有什么就说什么,坦诚,所以这也是我回来的一个原因。"

"您不觉得村民贪便宜、懒惰、不思进取吗?"这个问题一直都想问,但是碍于情面始终没说出口,现在终于问了出来,心里竟然轻松不少。

刘师傅嘴角微微向上勾了一下,但很快恢复到正常状态,说:"嗯,你说的我都承认,所以才会贫穷,所以邓书记一直张罗着'扶志扶智',不过他们是需要被改变,而不是被贴标签。"

好吧,我承认我无地自容了,刘师傅的话掷地有声,敲醒了我。来扶贫村,我一直试图挖掘真相、记录真相,但是在不知不觉间,却站到了村民的对立面,去评判、定义他们,带着先入为主的评判、定义去审视他们、记录他们,这对他们本就不公平。我陷入深深的沉思与自责中。

刘师傅见我没说话,又说:"不过你的判断并不是错的,以一个发展的角度、进步的思想去审视村子和村子里的村民,确实让人生气、着急,但是不能被情绪左右,助力脱贫的心切,这份初心才是更重要,所以刚才你的评价我都承认,也是事实,但是别忘了改变这样的现状,更是脱贫攻坚的意义所在。"

我不知道刘师傅的这番补充是出于安慰还是见多了如我一样擅长"下定义""贴标签"的感慨,只是觉得刘师傅虽然平常不怎么说话,但是说起话来头头是道,能够抓住问题的核心,让人无法反驳,只有点头,只有赞叹,只有钦佩。一个村庄,不管经济发展如何,文化传承怎样,也不管村民普遍的生活样态多么被人诟病,始终是需要有那么一两个头脑清醒的人在的。他们平时不怎么说话,坐在那里稳如一座古钟,但是一旦开口,晓雾破除,混沌退散,像敲响的古刹晨钟,声音浑厚静穆,让人震撼,也让人洗礼。刘师傅就是这样的存在吧!

被刘师傅点醒,惭愧一笑,采访仍要继续。稍稍整理衣襟与坐姿,继续问刘师傅:"那您面对这样的情况,怎么解决的呢?"

"这个我说了不算,得请邓书记做主啊,我只是负责工程的技术,按规矩办事,这个我解决不了。"

刘师傅这么说,让我有点瞠目结舌,本以为他会告诉我一个完美的解决办法,没想到他竟然请出了邓红,不过仔细想想也是对的,路灯毕竟是扶贫的公共财物,怎么能随便处置?于是接着问:"那邓书记怎么说?"

"这事放谁身上都头大,按道理路灯就是要照路的嘛,转个方向成什么了嘛！邓书记也很恼火，你说答应村民的要求不是那么回事，不答应吧，看村民的确有需要，又于心不忍，真的是没办法！后来我们就商量，可以把路灯角度稍稍改一点，大的方向还是照路的，但是多多少少也能照到村民的家里，这样既没有违背安路灯最初的意愿，也没有拒绝村民的要求，算得上是两全其美了。"

我听到这个回答并不觉得妥帖，心中充满怀疑，暗暗地想：这样做会不会有失偏颇？给谁家门前的路灯调整角度有评判依据与标准吗？难道是要所有村民家门前的路灯都要调整角度吗？

许是看出了我纠结的表情，刘师傅连忙补充说："当然，也并不是全都要这样做，只是为家在半山坡还有家有老人的几户人家这么做了，也不是特别明显，被看出来就说是我技术失误，路灯埋偏了，这样大家也没什么好说的，不会引起大家的不满。"

刘师傅果然是在外闯荡过的人，连我想什么、担心什么都一眼看了出来。我点点头，没再说什么，事情到这里似乎已经得到了完美的解决——村民没有意见，路灯顺利安装，一切皆大欢喜。

不过后来刘师傅还是补充说道："邓书记人好，是真的为村民着想，住在半山腰的人家有两户有老人，邓书记不放心，后来自己出钱又买了两盏路灯安到了那两户人家的家门口，专门为老人照明，我安路灯的时候老人对着我谢个不停，弄得我都不好意思了，告诉他们这是邓书记的意思，要感谢就去感谢邓书记吧！"说完，刘师傅摇了摇头，轻轻地笑了。

也许我能理解刘师傅的笑，但是我始终猜不透他的摇头究竟为何。是对邓红这一做法的某种情感表达？抑或是对村民生存现状的无奈叹息？答案目前不得而知，但是我相信，它会在岁月时光深处等着我。

采访结束，在整理资料的时候，我还发现了两个有意思的小点，一个是之前刘师傅说邓红总是跟他说扶贫还要"扶志""扶智",但是我在村子这么久,与那么多人聊天、采访,除了邓红本人,我再也没有听到过村子其他人,包括村干部说过这话。还有一个是之前邓红介绍刘师傅的时候,说他是村委会的"编外扶贫干部",帮村里做着力所能及的工作,而刘师傅之力所能及的事情,则太过广泛了。由此可见,邓红在不经意间流露出来的对刘师傅的看重与器用。

后来,与邓红闲聊,提及刘师傅,邓红还告诉了我一件让人惊叹的事情。刘师傅有三个孩子,老大在读博士,老二今年高考,老三在上高二,读博士的老大就不用说了,两个上高中的小娃娃都在重点高中,而且成绩在全校名列前茅。就像邓红说得那样:"在我们这个穷山沟里,能让孩子上个普通高中就不错了,结果人家孩子都读了博,而且两个小的在重点高中学习也是前三名那种的,像刘师傅这样的人真是太难得了。"

中国有句古话,叫作"穷山恶水出刁民",是乾隆皇帝下江南时说的,一直流传至今。对于这句话的流传我常感到费解,为什么一个贬义句竟能被用到现在?我以微薄的知识与常识去揣度,是因为人与人之间的距离被越拉越大了,距离让人陌生,也让人生畏,因为不了解或者片面地了解而下定义,"刁民"的帽子似乎一扣一个准。所以我猜,几百年前的乾隆爷,下江南的是身子,而不是心,否则又怎会称自己的子民为"刁民"?

就像在官房村和发科村,这两个国家级的深度贫困村绝对是现代意义上的"穷山恶水"。当然,在最开始,我也认为很多村民是"刁民",但那是在未曾了解前的"下定义""贴标签",当我真正走进他们、了解他们,倾心沟通后,我发现,其实"刁民"并不刁,他们确实喜欢占小便宜,但是在大是大非面前不曾含糊,他们确实懒散邋遢,但是坦诚热情,有来自灵魂的纯粹。我们不能要求他们在被泥土温暖、滋养、拥抱的同时不沾染一粒尘埃。

孙国龙与党员干部在村宣传疫情防控注意事项

邓红带领村民采摘白菜捐赠疫情灾区

村民的猪圈

疫情期间夜间在卡点值守的邓红、孙国龙

公司扶贫办在危房改造前做调研工作

邓红捐赠蔬菜的大货车

附 录

附录一　对两位驻村书记的采访选录

在采访的过程中,两位驻村书记除了讲述与村民之间所发生的各种有趣的小故事外,对于个人扶贫缘由和村子未来的发展也有所表达,他们的表达简单、质朴,甚至有些内容是粗糙的,缺乏时代审视和深层逻辑的构建。但是这些缺陷并不能将他们的理由和观点定义为"拙劣",因为在他们的理由和观点中,也饱含着人的真实温度、信念,以及对扶贫工作的坚定态度与决心。所以在这里,我将对话的部分内容以问答的形式分条罗列出来,以便大家自行品评、思考。我觉得阅读这一段段问答对话更重要的意义在于感受,感受其间默默流淌着的朴实、真诚和温情。

1.当初为什么会选择来到这里扶贫？ 在作决定之前有没有过犹豫？

邓红:这个问题应该跟我个人的性格有关系吧,我这个人一直心存善心,也比较同情弱势群体,一直在尽力帮助需要帮助的人,再加到公司以前对贫困山区的捐赠啊,组织员工捐款、捐物啊什么的都是我一直在做具体实施,感觉在这方面也算是比较有经验吧。2019 年 5 月份,公司召开动员大会时,感觉正好有这么一个机会可以为脱贫攻坚出份力,帮助那些需要帮助的人,认为自己有意愿也有能力做好这项工作,所以就毫不犹豫地报了名,并顺利通过公司的考核,来到这里扶贫。

孙国龙:因为赫章县在贵州省历来是贫困县,发科村又是深度贫困村,作为党员首先当然是要响应党的号召,"不忘初心,牢记使命"嘛。另外就是我个人的一个原因,我的父亲在我出生成长的村子任村支部书记时间很长,他工作时做的事情,还有一些观念对我或多或少都有一定的影响,所以我跟父亲一样也想着到农村为老百姓做点实实在在的事情。正好公司要选派驻村干部来扶贫,于是就想像我父亲一样为贫困的村民做点实事,改变发科村村民的生活条件,也为脱贫攻坚尽一份力。不仅没有犹豫,而且从未后悔。

2.在真正入村扶贫前做了哪些准备?

邓红:在来村里之前,我们所有驻村干部都参加了省委组织部组织的全省轮战第一书记和驻村干部抓党建促脱贫专题示范培训班,学习了决战决胜脱贫攻坚的相关政策文件,听取了有关经验介绍等,这应该算是从思想和理论上做的准备工作吧。同时我自己还做好了吃苦的思想准备,毕竟是来贫困村工作的,生活的环境、条件肯定不比城里,个人心态这一块也做了相应的调整。最后就是还准备了一些认为适合农村生活的衣物用品。

孙国龙:我一是做好亲人的思想工作,获得亲人的理解和支持,因为我身体一直也不太好,去条件艰苦的村子生活家人肯定是特别担心,所以我最先准备的就是让家人有个准备。二是调整好身体,去扶贫肯定是要干活的,要是身体跟不上估计就要拖后腿了,所以趁入村还有一段时间的时候,我赶紧调整了自己的身体状态,把精神头补足,每天都让家人做点好吃的,这样我自己把身体调整好,家人看我状态好,也就更放心了。三是由于长期在外面工作,对农村情况缺乏了解,虽然有的时候也会回农村老家,但对农村的了解停留在表面,所以入村前也学习了一些关于农村的政策,了解了农村的现状和农民群众的想法。四是跟邓红一样,参加了省委组织部组织的培训班,在那里学习了解党的基层组织建设相关知识。因为不像邓红一直接触这方面的工作,所以做了很多的准备工作。

3.村子或者扶贫工作和之前想的一样吗? 之前怎么看待扶贫这件事?

邓红:我是 2019 年 6 月 12 日来到村里的,我发现这里和我想象的完全不一样,以前到农村仅限于到农家乐玩玩、踏踏青,青山绿水的感觉很美好。但来到扶贫村发现实际情况根本不是这样,村民的穷超乎了我的想象,但是更让我想不到的是这些村民思想观念的落后,重男轻女、超生超育、不思进取……这些跟我之前想得完全不一样。关于扶贫的话,像我之前觉得扶贫还是挺简单的,就是捐点钱物,给学生买些学习用品、衣服等,再不济,帮助村民找一条致富的路子就可以了。所以一开始想象这次来村里扶贫也是这样的,到村里了解一下情况,回来给公司报告,缺啥买啥,没啥置办啥,公司为履行社会责任,出钱出物,我们具体实施就行。

孙国龙:嗯……其实村子在环境条件上跟我之前想得一样,因为我也是在农村长大的嘛,农村环境基本上都是大同小异,这个跟之前想得一样。但是在国家政策与村民的意识上跟我来之前想象得有些区别,最开始我认为扶贫就是给钱,跟邓红说得也差不多,到处走走看看,缺啥补啥呗,但其实哪里有这么简单,现在国家是要求发展产业,特别是要有可持续发展的产业,让群众能够稳定增收,村民也不再是满足于临时得到一点钱物,而是要变输血式扶贫为造血式扶贫,帮助他们找到致富的路子,提高劳动者的整体素质,适应市场经济的要求。再就是对工作人员的综合素质要求提高了。之前认为只要把村情了解透彻,统计清楚向公司和上级政府部门报告,然后根据上级指示执行就可以了。现在我们在扶贫工作中要逐户走访,根据每一户的具体情况,制定具体的扶贫措施,做到因户施策,精准到户到人,也不能简单地要求群众怎么做,而是要具体到户做给群众看,带着群众干,把一件件的好事办好,实事办实。这就跟我之前想得完全不一样了,工作量多了不说,难度和要求也都提高了很多,但是如果真地能够按要求完成好,脱贫的质量也是有一定保障的。

4.现在自己致力于扶贫工作,又多了哪些感悟呢?

邓红:我来这里这么长时间,最大的感悟就是感觉还有很多人的生活水平跟我们的相比,相差起码几十年,再有就是教育文化的缺失,对他们觉得又可怜又可气。

孙国龙:现在感悟很多,要如何宣传好党的政策,用好政策和扶贫资金分配。群众工作要做得太多了,重点是如何转变村民思想观念,提升劳动者综合技能,改变生活习惯。自己的思想也在随着改变提升。特别是看见群众家里干干净净、舒舒服服的;看到村民三五成群走在硬化的院坝、连户路上;看到贫困户住上新房;看到贫困户家中补齐的生活用品;看到长势喜人的板栗和蜂糖李;看到自己为村民做的点点滴滴,心里有一种说不出的感动,觉得自己的辛苦换来了群众的幸福,很有成就感。

5.看到扶贫村的第一印象或感觉是什么? 当时有没有觉得有一点的后悔?

邓红:我第一天来到扶贫村,只是到了村委会,就把我吓了一大跳。当时的村委会,一栋三层楼的房子,一楼是办公室和厕所、二楼是会议室、三楼是扶贫干部宿舍,宿舍里面就一张床,没窗帘、没家具、没床上用品,就连门锁都是坏的,当时看到这个情况就特别害怕,这晚上怎么睡觉啊!还有一点可能因为我是女同志吧,一个很关键的问题是没有热水,不能洗澡,问村干部洗澡怎么办,他们告诉我说要想洗澡只能到 30 多千米以外的县城洗,而且最多只能一个礼拜去一次……没有洗衣机,没有生活必需的家具用品及电器,第一印象就是村委会都这么穷,村民的日子得什么样啊?尽管这样,但是一点后悔的想法都没有。

孙国龙:虽然我说这里的生活条件和环境跟我想象得差不多,但是真地来到这里,我还是会觉得在这么好的年代,竟然还有这么贫穷落后的地方,真的仿佛是两个天地。我记得第一次到苗寨去的时候,看到很多贫困户家里空落落的,什么也没有,是真正的家徒四壁;看到贫困户一家 7 口住在 15 平方米的破房里;看到随处可见的狗屎牛粪;看到满地的污水横流、蚊虫乱飞;看到村民聚集喝酒、东倒西歪的……村子里这样我感到很心痛,看到村民这样我更难过。所以说实话,村子给我的第一印象是不可思议,真的没想到还有这样的地方,更没想到还有这样生活的人。不过见到这一切,我没有后悔,反而更加坚定了扶贫的信心,坚定了要改变他们生活状况的决心,当时我就对村民们说了,我会让他们感受到生活的明显改变。

6.来到这里对家庭的影响是什么?

邓红:我来这边扶贫,家里的正常运转全部都被打乱了,小孙女上下幼儿园没人接送,饭菜家务没有人做,实在没有办法了,只能十万火急地到家政公司请了一个阿姨,在家帮忙接送孩子、做做家务,让小孩回家有饭吃。你没结婚可能感受不到,在一个家庭里,多一个人少一个人是真不一样的,多一个人可能平时看着干点零零碎碎的家务活也不那么起眼,但是如果真少了一个人,那对家庭的影响实际上是非常大的。不过好在尽管搅乱了家里生活的正常运转,但是家人们都还是很支持我的,没有一个人说一个"不"字,无非就是担心我的身体,走之前这个叮嘱一遍、那个叮嘱一遍的。

孙国龙: 因为我血压高得很厉害,所以家人知道我要扶贫,一开始是坚决不同意的。但是我比较坚定,而且公司也批下文件了,肯定不能反悔啊,况且我很坚持,就为这个我爱人跟我冷战了好几天,那几天都不好好做饭了,不过后来经过我反复地劝说,她才勉强同意。后来在村里扶贫的时候因为高血压住院了,我爱人实在不放心,就过来陪同我一道驻村扶贫,帮村委会无偿做一些家务活,打扫卫生啊、做饭啊、洗衣服啊什么的,所以要说来这边扶贫对家庭的影响,我觉得一是我的身体让他们担忧了;二是妻子的收入减少了;三是没有时间照顾孩子和老人了。

7.家庭受到了这么大的影响,当时的心情和想法能不能讲一讲?

邓红: 我当时一心就想着来扶贫了,也没想过家庭影响的事,顾前顾后就来不了了。当时就是觉得家庭的困难我想是可以克服的,对扶贫驻村还是蛮期待的,因为我从小在城市长大,对农村没有什么概念,也有一丝好奇,想到做善事是积德的事情,有公司大力帮助,心里也有底气,所以义无反顾。

孙国龙: 我觉得在脱贫攻坚面前,家庭再怎么影响都不是太大的问题,况且儿女都工作了。我的想法就是作为一名共产党员必须去做点力所能及的事。这么长时间以来,就是有时候感觉不能照顾老人和孩子,在心里觉得愧对他们,不过当看到村子里变得好起来的时候,我发照片和视频给他们看看,他们都能理解我,我也很欣慰。

8.在村子期间有没有"叛逆期"？主要表现是什么？

邓红：有,刚来村子的时候我干劲十足,每天都风风火火,干得热火朝天,不管是白天还是黑夜都在工作、解决问题,虽然很累,但当看见村寨在慢慢向好的方向发展时,也很有成就感,觉得苦点累点也值了,毕竟是来工作的。但是过了一段时间,我基本摸清了村里的情况,就发现村里一些人自私、爱贪小便宜,我就感觉很失望,觉得这人怎么能这样啊？就有不想这么卖命干了的思想,有点心灰意冷。其实不止我有这样的感觉,其他一些帮扶干部都有这种感觉,觉得我们这么操心,一些村民拿东西、要东西不但心安理得,甚至还贪得无厌。有的时候事情做得越多,矛盾越多,由此一位驻村干部还开玩笑说："红姐,您没来的时候我们轻松太多了,也没钱做这么多事,除了报资料,什么事情都不用做,现在又忙又累,还不一定得好报。"所以有的时候自己想想,也很生气。当然,这些问题都是前期刚来的时候,这应该就是我在村子里的"叛逆期"。现在就不会了,一个是我和村干部们都磨合好了,做工作配合起来也都有默契了,另外就是村民也看出来我们是真地在帮他们办实事,他们也都愿意相信我们了,很多工作主动配合,工作开展顺畅多了,村民的思想都在一点点转变,我作为驻村扶贫书记,"叛逆期"肯定是要赶快度过的。

孙国龙：这个肯定会有的啊,刚来这边,人生地不熟,完全就是陌生的环境,再加上村民一开始也排斥,所以会有那么一段时间的。在那段时间里,感觉很多事情都不太顺心,主要是真地做了很多惠及百姓的工作,工作又多又杂,每天忙得不行,感觉身体也是极度疲惫。这个时候没有得到村民们的理解和支持就算了,甚至还有风言风语传了出来,说我只看到贫困户,不顾其他村民的死活;说我对那些成天喝酒的懒汉都管,导向不好;说我对孩子多的家庭走访慰问,嘘寒问暖,那是他们自己多生娃娃,活该,不应该由我去管,等等。这时,我就非常想不通,所以那个时候血压也不稳定,情绪也就跟着波动,每天都很烦躁,干什么都心不在焉的,甚至都怀疑自己做的事情了。但是后来自己慢慢冷静下来,认真反思,还是觉得扶贫工作仍是重中之重,要坚持做好,不管别人怎么说,一定要让当地党委政府和百姓认可才行,更不能给公司丢脸。

9.感觉两位关于"叛逆期"调整得都很迅速,那么是在什么时候通过什么事情与这里和解的呢?

邓红:其实说是"叛逆期",实际上还是自己的问题,那些"不好"的人还是少数的,感觉当时就是太着急证明自己了,想得到所有人的认可,这怎么可能啊! 其实我们村的绝大多数村民都是淳朴善良的,当我完成村庄建设的各项工程时,村里大多数村民还是很感谢我的付出的,走在村里,大人小孩都会热情地招呼我,叫我去他们家里吃饭,小孩也是抱着我的腿不让走,看见村民脸上的笑容多了,家里生活状况好了,村寨改观了,慢慢我也就释然了。再说了,那些不好的事情毕竟是少数人的行为,不能影响我对大家的态度,更不能影响我的工作啊!

孙国龙:其实也没有什么和解不和解的,就是自己冷静一下,想想自己为什么而来,来做什么,不是来听好话和奉承的,回顾一下自己的初心和使命,就什么都过去了,只要所做的事情无愧党和政府的信任,无愧公司的嘱托,就可以了。

10.您现在如何看待这个扶贫村?

邓红:我感觉官房村现在就像我的孩子,"他"以前可能很不好,又脏又破,很顽皮,像是一个"坏孩子",但是经过我耐心的调教,通过我的关心、帮助,正在逐渐变好,让我难以割舍。

孙国龙:现在的发科村跟以前完全不一样了,变化是翻天覆地的。现在在村里走访,看到如今的杨明祥家,这个曾经遍地牛屎、羊粪,几个破旧圈舍放在脏乱差的院坝里,现在干干净净,圈舍规范,家里窗明几净;张入贵家,曾经是7口人住在15平方米的老旧木板房里,没有见过的可能都无法想象,现在住上了120平方米的大房子,室内生活用品齐全,摆放有序,干干净净的,看着都舒服;现在全村全部完成了院坝硬化和连户路建设,家家户户有安全住房,生活十分美好。村子整体的环境得到了明显改善,生活质量也明显提高了。现在我对这个村信心满满,越发感觉群众纯朴善良,可塑性强,通过有针对性的帮扶是能够超过预期的帮扶期望的。接下来我们还将加大帮扶力度,高质量脱贫。

11.您个人认为村庄致贫的主要原因是什么?

邓红:我觉得村子之所以这么穷,主要是两个原因吧。一个就是村子远离城市,交通不便,村里的东西运不出去,外面的人也进不来,闭塞的生存条件是一个原因。再有就是我觉得还是村子里的人们思想观念落后,特别传统、保守,不愿意主动去了解外面的世界,当然他们也不羡慕外面的世界,特别满足现状,对于现在这样的穷日子习以为常了,个人的生活习惯也不好,懒散、生活随意、要求不高。

孙国龙:客观上来讲主要还是教育落后,村里就一个小学,附近几个村的娃娃都要翻山越岭地来这里上学,本来就辛苦,再加上大人没有接受良好的教育,对教育也不重视,形成了一个恶性循环。另外还有一点是这里少数民族占比高,少数民族的村民生活都比较原始,有些生活习惯不太好转变,我觉得这两个原因导致村子发展得缓慢。另外主观上还是村民自身发展动力不足,村民普遍满足现在的生活,安于现状,没有进取心,很多村民都有一种小富即安的思想,不知道谋求更大的和长远的发展,只看到眼前利益。主观原因和客观原因共同导致了村子的贫穷。

12.面对村民某些方面的"劣根性",您一般会怎么做?请举例说明。

邓红:做思想工作呗,就是脑袋活点、嘴甜点、腿勤点,反正我在村里做工作,如果遇到"不好"的村民,总结起来就是好言相劝"连哄带骗""以牙还牙"。

孙国龙:其实村民的"劣根性"说白了就是懒,要是遇到这样的村民,我一般就是耐心细致地做思想工作,增强硬件设施,强势推动群众改变老思想、老观念。强化环境卫生意识,增强健康观念。比如很多人不讲个人卫生,我们就来个个人卫生革命,家家户户配发洗脸架、盆、香皂、毛巾,让他们感觉再不洗脸洗脚洗头就太邋遢了,自己都不好意思,不知不觉中转变卫生观念。一开始看到村民的坏习惯我特别着急,不过现在想开了,毕竟一辈子了,让他们三天两天就改变不太可能,所以觉得还是要慢慢来,急不得。就像我刚才说的,从环境氛围入手,慢慢熏陶他们,感化他们,改变他们。

13.村子每家每户孩童众多,那么您觉得"计划生育"与村庄治理是否有必要的关联性?

邓红:这个我倒觉得不是很明显,村子里孩子多,卫生习惯差,导致环境卫生差,这是一个原因。但我觉得更主要的是村民缺少文化、自身素质差、缺乏对孩子的教育等,这些与村庄治理有必要的关联性,还有就是祖祖辈辈长期习惯这种生活方式了,习以为常了。因此,村庄治理也没有得到一个很好地改善,该穷还是穷,该脏还是脏,也没有起到什么太大的作用。

孙国龙:这个我觉得是有关联性的,主要是与他们的传宗接代思想有关,很多家庭都是越穷越生,越生越穷,恶性循环。由于贫穷,教育相对滞后,思想观念落后,生活习惯难以改变,自我管理能力差,这些都影响了村庄的治理水平。邓红说得也有道理,但我还是觉得"计划生育"能够促进村庄治理,就像刚才说的,他们越穷越生,越生越穷,如果把这个生育控制住,可能穷困的现状就会维持在一个水平线上,这样我们扶贫也好做。

14.作为脱贫攻坚一线战员,您如何落实政策?

邓红:我作为驻村第一书记,除了要及时、准确地把上级政策对村民进行宣传之外,我觉得更重要的是要了解、掌握每个村民的具体情况,然后根据这些实际情况去帮助村民解读政策,让政策的实施与村民的实际情况更吻合。我会针对不同的群体、不同的人,并且根据政策所针对的对象,让他们享受到来自政府的应有优惠、待遇,比如像这个低保、残保、危房改造资金、教育资助、退耕还林、养殖种植补贴、合作医疗等,这些都要跟村民协商好了,认认真真理清材料,然后才能发下去。所以我一般都会跟村民走得比较近,从实际生活中亲力亲为地落实政策。

孙国龙:我们主要是通过三个方面来落实和传达政策。一是通过党员大会、村支两委会、村民大会、院坝会进行传达落实。二是通过在每个村民组设置公开栏,对政策和重大事项公开。三是重大事项实行"四议两公开"。我们就是通过上述措施确保权力在阳光下运行,做到公平、公正、公开,消除群众怨气,争取群众的支持,把好事办好、实事办实。其中"四议两公开"就是对重大事项实行村支部会提议、"两委"会商议、党员大会审议、村民或村民代表会议讨论作出决议,实行决议内容公开,实施结果公开。

15.您觉得在新时代,扶贫村当下亟须作出的改变是什么?

邓红:虽然现在村里脱贫攻坚的进程还是蛮快的,整体的进步与改善非常大,但其实我个人还是觉得现在村里有很多事务仍是需要作出积极变化的,比如环境卫生、脱贫形象、村民正能量、计划生育、勤劳致富等问题,这些都还需要不断作出改变。

孙国龙:我觉得从村子长远发展的角度来看,现在需要抓紧作出改变的有两点。一是抓教育,教育是发展的根本,只有教育发展了,群众整体素质提高了,我们的社会才会有高速的发展,我们的村子也一样,所以我感觉第一点很重要的是要抓教育,重视起村里娃娃的教育问题。二是建立可持续发展的产业和加强基础设施建设,这一点我觉得跟村民的生活息息相关,要为他们营造一个良好的生活环境,生活环境好了,生活应该也不会太差。另外还有可持续发展的产业,让村民的财富收入实现自产,激发村民的内生动力才是持久脱贫的关键,而且也只有这样,才能保证我们群众的收入稳步提升,保障我们村民的收入,我相信也只有这样的改变,才能让村民群众的生活更美好。

16.脱贫攻坚工作除了对村子物质层面有影响外,还有没有作用在其他层面?

邓红:其实我们做脱贫攻坚工作也不是说看到什么不好就去干什么,那样就太被动了,做出来的工作也像是打补丁一样,不好看。像我们官房村,是有一套自己的保障体系的,我们把这种保障体系称为"3+1保障",主要是指四种不同方面的保障,分别是:住房安全保障——保障人身安全;教育保障——提升整体文化素质;医疗保障——让老百姓不会因为生病而家破人亡;安全饮水——保障村民身体健康。所以我感觉我们脱贫攻坚工作是在村子、村民方方面面都会起到一定作用的。

孙国龙:这个肯定是有的,习近平总书记不也说扶贫工作要"扶志扶智"吗,所以我们解决村子物质上的问题只是工作迈出的第一步。除此之外,我们还是以激发贫困群众的内生发展动力为主要措施,让他们自己去鞭策自己、鼓励自己,向着脱贫致富发展,只有帮助贫困村民转变思想观念,从"要我做"转变为"我要做",才能真正帮助到他们,这个应该算是精神层面的帮扶。其实说是这么说,但是真正工作起来,两方面都要入手,谁也离不开谁,最好的结果就是帮助村民和村子既把经济搞起来,也把思想提升上来。

17.您二位认为脱贫攻坚工作对农村生活的影响是什么？意义何在?

邓红:如果只是将脱贫攻坚工作的意义和影响限定在村子的范围内的话,那我觉得最大的影响和意义就是改善了老百姓的生活水平,让那些以前吃不上饭、穿不暖衣的村民生活得到了保障。现在吃、穿、用基本得到解决,而且现在他们的生活习惯也在逐渐改变,老百姓慢慢开始重视娃娃学习,认识到了教育的重要性,也会鼓励孩子外出打工等,可以说脱贫攻坚工作从物质和思想这两个层面对村民都有一个积极的影响。

孙国龙:脱贫攻坚工作对农村生活的影响最显著的就是基础设施建设明显加强,像我来到村子,给他们安了路灯、铺了水泥路、进行了危房改造,还有家庭日用品的补短板等,这些改变都是肉眼可见的。另外我觉得村民群众的卫生习惯也彻底转变了,群众思想观念更新,自身发展动力明显增强,生活水平明显提高,以前等、靠、要的思想也正在慢慢地转变,大家都开始相信"一分耕耘,一分收获"的道理,愿意为了过上更好的日子付出努力,这些都是脱贫攻坚工作所带来的影响。同时,我觉得能让广大的人民群众共同分享改革发展的成果,这也充分体现了党的关怀和社会主义制度的优越性。

18.从两村实际出发,贫困村脱贫攻坚需要关注的主要问题是什么?

邓红: 从实际出发的话,最需要关注的问题就是经济收入问题,因为一个村子是不是脱贫了,是有国家划定的硬指标在那摆着的,一条红线标在那里,必须得在红线之上,才算是完成脱贫攻坚的工作。这条线过不了,其余做得再好,也不行,而且实在点讲,脱贫攻坚,本来就是一个经济问题,就像我们村,除了外出打工,这里的村民基本就没有收入,种植产生不了效益。猪肉涨价,养猪的村民倒是能产生一些收入,但是缺乏能产生持续性收益的项目,也就勉强算是自给自足,解决温饱。所以对于贫困村来说,最需要关注的就是经济发展问题,而且这本身也是脱贫攻坚工作的出发点。

孙国龙: 嗯,我跟邓书记的想法基本是一样的,但是还要再补充几点,就是在发展贫困村经济的过程中,尤其像我们村,少数民族居多,还需要激发苗族群众自身发展动力,如果只是我们扶贫书记在前面拽着跑,那肯定跑不动,得让他们自己跑起来,让他们自己愿意跑才行。另外,如果可以兼顾的话,还要转变他们的生活习惯,让他们少喝酒,多劳动,将勤劳致富的理念传递给他们,之前就说了,村子缺乏可持续发展的产业,我感觉我们村要想建立可持续发展的产业,肯定要发展民族文化产业,毕竟少数民族多,这也是村子的优势条件。但是少数民族文化的精髓,还是要少数民族村民自己去挖掘,没有人比他们自己更了解自己的文化特色,要我想就是要结合山区农业开发的特点,发展种养殖业、发展民族服装产业,可能也就这些了。但是村民群众的智慧和力量无穷大,如果真地激发了他们自己的内生动力,他们自己想出来的、做出来的,肯定比我弄得好,而且肯定是他们自己感兴趣的,也愿意、有动力做下去。

19.有观点指出"乡村振兴"是"脱贫攻坚"的延续,您如何看待这一说法?

邓红:我们这里是深度贫困村,脱贫难度大,距离"乡村振兴"目前还有一段距离,后续发展也必须要借助外力帮扶。如果就是单纯地看这两个概念,"乡村振兴"是"脱贫攻坚"的延续这种说法我觉得也对。但是目前对于我们村来讲,实打实地先走好脱贫攻坚这一步更重要,所以我也没有深入研究过"乡村振兴"的概念,这里也不好乱说。但是我个人觉得,对于乡村的发展来说,无论是"脱贫攻坚"还是"乡村振兴",只要能让乡村真正发展起来,村民得到真正的实惠,大家伙的日子能够越过越好,这就是好的。

孙国龙:我认为"乡村振兴"是"脱贫攻坚"的延续,但更是"升级版"。"乡村振兴"是对农村建设更高标准的要求,如商业意识、产业结构调整,是实现城乡一体化必要的过渡。实现乡村振兴,是我国社会主义制度优越性的体现,是共享理念的贯彻,是为了让广大的人民群众共同分享改革发展的成果。

20.村子的脱贫攻坚进程如何,走到了哪一步?

邓红:目前,我们村"一达标、两不愁、三保障"全部落实,2020 年 6 月30 日贫困户全部脱贫,基础设施逐步完善,通组路、连户路、院坝硬化全部完成,全村安装了太阳能路灯,老百姓住房、家具用具、床上用品等短板基本补齐,现在正在进行的工作是环境卫生整治。目前已经给村里修建了垃圾池,各处也都安置了垃圾箱,还请了专门运送垃圾的垃圾车,一切工作都在有序推进中。

孙国龙:我们村脱贫攻坚任务已经全面完成,现在主要是进行查缺补漏,防止返贫情况的发生,所有的工作都进入到了最后的冲刺阶段,如期高质量打赢脱贫攻坚战没有问题。目前,我们村建档立卡贫困户115户624人,已经脱贫99户544人,剩余的16户80人现在已经全部达到脱贫标准,整村脱贫已经没有问题。

21.下一步脱贫攻坚工作将如何迈进?

邓红:虽然现在全村贫困户都已脱贫,但是我们还需要进一步完善基础资料,巩固脱贫成果,密切关注已脱贫户、边缘户,防止他们返贫。另外就是刚才说的,继续整治环境卫生,提升脱贫形象。再有就是接下来会将重心从经济扶贫转移到扶智、扶志上,改善村里的教育问题,整合村里的教育资源,让村里的娃娃接受良好的教育,从人才的教育和培养上进一步巩固脱贫,也是为"乡村振兴"提前储备人才。

孙国龙:其实下一步的工作内容刚才我一直在说,就是将脱贫攻坚工作的重点转移到激发村民自身发展动力,我有一个大概的规划,正好你也可以帮我想想,提提意见,出出主意。首先,我想从教育入手,大力培训技术人员,然后找准发展产业,推动电商发展,引导务工,帮助落后家庭找准发展路子,按照"一达标,两不愁,三保障"要求查缺补漏,高标准打赢脱贫攻坚战。

目前,经过申请,我们已经获得公司援助修建发科小学的批复,彻底解决了教育环境问题。另外,我还想进一步优化村庄照明问题,解决人居环境改善;解决老旧房整治;解决安全饮水问题;解决村民个人卫生问题;解决卫生室面积不足问题等。在高质量打赢脱贫攻坚战的同时为下一步的"乡村振兴"奠定坚实的基础,相信发科村的明天一定更加美好。

附录二　扶贫村小学生作文句子摘录

　　孩子是村庄的未来,梦想是孩子的未来。一个村庄未来的发展朝向,早期是可以于生活在村庄的孩子身上寻见蛛丝马迹的。扶贫工作让我们对这个贫困山村充满感情,充满期待,所以我们希望能够捕捉这一点"蛛丝马迹",提前预判村子的发展,于是在发科小学校长、老师的支持配合下,我们给发科小学五年级的同学布置了一份作业——以《未来的我》为题目,写一篇作文,请同学们大胆想象,大胆书写,将自己最美好的未来于墨香中点染描绘。

　　不到一周,全年级 37 人全部完成作业并上交,站在讲台收作业的时候,他们双手捧着作文纸,安静、有序地逐一交给我们,郑重其事,那一刻我明白,我们收到的不仅仅是一份作业、一份信任,还是每一个孩子的美好希冀,他们是村子的希望之光。

　　认真阅读这些作文,虽然他们笔触稚嫩,文章颇似流水账,但在那朴实无华的讲述中,总有那么几句话让人感动,让人温暖,让人觉得可爱,也让人怜惜,于是我把孩子们作文中可爱的、美好的、生动的、充满爱与希望的

扶贫日记

句子摘录出来,与各位读者一同赏阅,或许顺着孩子们所描绘的未来看去,我们真地可以微观到村子的发展方向。当然,不仅如此,也许还会有一些意外收获,比如其中的某一句话,让你与年少的自己意外相逢。总之,这是一次需要用心的阅读,请放空自己,与那些雀跃着的、茁壮着的纯粹灵魂相遇吧。

在我的身边有一个我自己发明的机器人,我给它取名叫"朵朵"。因为她的身形像一朵正在盛开的花。

——张美鑫

我编了一本书,名叫《假如你是世界上最美丽的公主》,灰姑娘写了她的鞋子掉了,我写的是如果你的一只鞋子走了,另一只鞋子哪怕找遍世界的每个角落也要走到那一只鞋子面前。

——王春霞

大海的水蓝的让人沉醉,那海水的声音犹如音乐家的歌声。我还想去天安门,因为那有英雄的气息。

——曾润

千万不要忘记乐于助人!

——曾润

如果觉得生活无趣了，可以交一些好朋友，但也不要忘了回家看你父母。

——曾润

如果他们玩累了，我就会开着车送他们回去，我会倒水给爸妈洗脸、洗脚，让他们换上衣服去睡觉。

——曾润

我仰起头来张望，看见一朵朵白云和像火球一样的骄阳，散发出许多光芒照耀着我，再低下头来看，一望无际的大海波光粼粼。突然，我的脑海里出现一幅画面，我迅速拿起画笔，开始画出心目中的衣服。这件衣服让我想起了我的小学同学，她叫小琴，我设计衣服就是为了她。

——杨海艳

我们和敌人打了起来，我们中的有些人中枪死去了，我很难过，但这就是命运。

——张晓屯

最后，我还是当上了电视剧里的主演，因为我用自己的努力赢得了她。我演的电视剧居然排名风云榜第一名，它的名字叫《欢天喜地七仙女之六妹再续前缘》。我还写了里面的一首插曲叫《红颜知己》，当时的"粉丝"就像下雨时候一样，噌噌地往上涨。

——张芳

其实,有时我也不想当明星,因为我小时候还有一个愿望,就是当一个县长,因为农村太可悲了,我小时候在农村长大,觉得很多人太苦了。所以我想当县长,帮助有困难的人。不过没关系,因为当明星也可以帮助他人。

——杨海娟

我想做一个很善良的人,我也想把全家人接到城里去住,而我也要做好我未来想从事的工作——管理好公司。

——张梦婕

我特别羡慕别人,不仅能演戏还能周游世界,我真是个清闲人啊!我多么希望自己能像明星一样受人欢迎啊!

——韩玉双

到了2039年,我成为了一位老师,我想到北京去看天安门,很想很想。我想当语文老师,美术老师也比较好一点,数学老师也可以当一当,但是我很喜欢语文老师,不喜欢英语,也不喜欢上体育课。

——李婷

有了失去才学会珍爱一切。

——韩磊

　　到了 2034 年,我真地成为了一名服装设计师,我要为父母设计衣服,把他们打扮得漂漂亮亮的,让他们成为世界上最有名的一对父母,等到我的哥哥们结婚的时候, 我要给他们和他们的新娘子们做最舒适、最漂亮、最美丽的西装和婚纱。

——张露

　　我一天要做十几套衣服,可是我一点也不累,反而非常开心,帮助别人,别人开心,我也开心。

——韩子怡

　　我要做善良的人,有情的人。

——张美

　　人们知道人生的珍贵,却不知道具体该如何珍惜。

——张小燕

　　我很想去乡下, 因为乡下的桃花最多, 那些桃花都开得很完整。

——张江美

　　未来的我读到大学毕业了,去当了一位大明星,我就可以把父母、弟弟、妹妹们接到城里去住,这样我就可以经常去看他们了,或是只在故乡里住着,每一次回来都给他们买一些漂亮衣服,还有城里卖的好吃的,都要买回去给他们。

——张美亚

扶贫日记

　　有一天，我和同学小龙去捉了一条蛇和一只野鸡，其他人拿水煮，说是龙凤汤。我们笑了笑，一人喝了五六七杯雪碧，说了说心里话，很快我们都睡着了。

——李孝杰

　　过去的事情，肆意也好，仓促也罢，都过去了。将眼光展望未来吧，我们随时可以上路。

——张曼

　　未来的我想当一名发明家，发明一个机器牛，它可以帮人耕地，还可以帮人背菜。

——黄旗

　　我虽然出生在农村，但仍有一颗善良、勇敢、聪明的心。

——张恒

　　想坐火箭，也不是想去就去的，是拿着生命去的。

——张恒

附录三 为发科小学创作的校歌

穿越光年的梦想

葛元利 作词
方 健 作曲
高四季 演唱

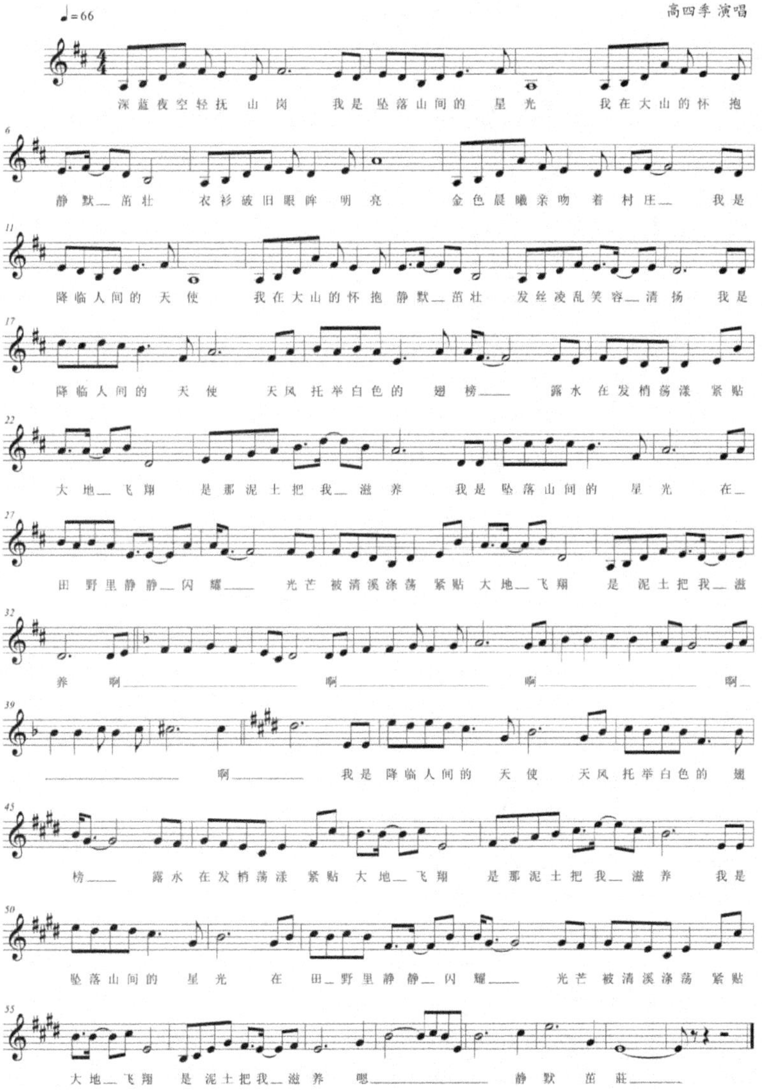

附录四 扶贫路上的同行者

扶贫工作任务艰巨、责任重大！回望华能贵诚信托有限公司一路走来所完成的扶贫工作，每一项都有其他兄弟友好公司、社会各界人士及组织的鼎力相助和无私奉献。扶贫道路艰辛，但是我们并不孤单，一路相伴让我们结下深厚友谊，促成未来更多共赢价值。在这里，向曾经助力我们扶贫工作开展的企事业单位、组织及个人致谢、致敬。它们是：

华能资本服务有限公司

ACCA 北京办公室

哥伦比亚大学全球中心

耶鲁大学

中国新闻出版传媒集团

全民阅读媒体联盟办公室

天津人民出版社

清华大学粉刷匠协会

中国人民大学继续教育学院

张靓颖后援会海豚特工组

用友薪福社

领带金融学院

开滦集团钱家营矿业分公司工会

爱心人士 陈瑞

A 卡苏社群的朋友

盈佳云创 875 家爱心用户

真爱梦想公益

中国经济出版社

普林斯顿大学 李彦哲

长城基金公司 张健

（排名不分先后）

ACCA 北京办公室捐书现场

邓红与入村支教的清华大学支教学生合影留念

中国人民大学继续教育学院爱心捐赠现场

用友薪福社捐赠书籍

张靓颖后援会海豚特工组捐赠书籍

后　记

　　其实在写作《扶贫日记》的时候，我常陷入惭愧与自责——在一本充满时代烙印的书籍里，"我"似乎成为了书的主角，太多的我看见、我听见、我感觉、我发现、我认为……让书籍充满了个人色彩，感觉像水仙在倒映蓝天的碧波中顾影自怜，满眼都是狭隘。但是感谢我的领导赵刚先生，他告诉我书中的"我"并不重要，重要的是我写的是不是真实的、鲜活的人和事，以年轻人的视角去看待、发现、探索、理解这个世界以及这个时代所发生的事，并诚实将其记录下来，没什么不好，也没什么不对。领导的信任让我撇去矛盾的羁绊，一路畅快调研、采访、记录、构思、写作，也让我对乡村有了新的认识与理解。

　　在整个过程中，我发现儿时所拥有的贫寒生活是我在本次调研工作中无与伦比的财富。我能够理解孩子们得到哥哥姐姐穿小穿破了的衣服时的欣喜，我可以体会村民无米下锅时倚着门槛呆滞面容下的心酸与凄凉，我更深切地明白邓红、孙国龙两位扶贫书记对于贫困村庄脱贫工作的迫切与焦虑……虽然扶贫村与我的生活相隔大半个中国版图，遥远且陌生，但我

扶贫日记

大胆地将我的故乡与村庄相联系、相融入、相共情,我惊奇地发现我竟然可以以儿时的生活场景代入其中,正因如此,当我身处贫困山村时,才能与在其中生活的人、发生的事有更深入、更深刻、更深情的交流,调研、写作的素材与内容才变得更加宽广、更加敏锐、更加丰富、更加深远。

在调研、写作的整个过程中,在 14 个月零 28 天的时间里,我对扶贫工作从新闻讯息的采集到真人真事的实地触碰感知,不仅打破了我与扶贫村之间的时空隔阂,也让我对时代发展的脉络有了更清晰深刻的认知,但与此同时,也有了新的思考与顾虑。在扶贫村走了一圈又一圈,调研了一次又一次,眼看着扶贫工作的成效日新月异,欣喜雀跃之情难掩于色。但是冷静、客观审视,仍然会觉得少点什么。现在的山村,农产品可以通过新建的公路轻松运往县城,交通成本、时间成本得到了大大的节约,还有通过电视、网络,外界讯息的收取与发达城市也是同步的⋯⋯一切都是崭新的面貌,但是在思维观念上,他们仍是陈旧的,在精神世界里,他们仍是贫瘠的。山村文明与城市文明,仍是泾渭分明。

我开始心有戚戚然,虽然现在已经完全跨过扶贫标准线,扶贫工作已经达标,但是当扶贫工作真正结束,扶贫干部一走,一段时间后,又有多少村民能够继续生存在扶贫标准线之上?返贫仍是脱贫攻坚的最大敌人。完成了山村基建,完成了山村产业链建设,完成了"一达标""两不愁""三保障",但是我担心村民们陈旧的思维模式与贫瘠的精神世界仍会将村民拖到扶贫标准线以下,触碰过希望,再进入黑暗,痛苦会更加深刻。如果真的这样,未来,村民又该怎么办?这些担心、这些困惑像一块巨石压在胸口,让我迟迟不敢写下这篇后记,因为我总觉得,扶贫工作还未结束。

但是前两日,与赵刚先生交流,他的一番话打消了我所有的顾虑与困惑。他说,虽然现在扶贫工作接近尾声,但是我们公司的扶贫工作还没有结束,国家验收只是一个节点,我们要继续做好扶贫工作,咱们还要继续想好的思路,办实的事情,帮助村子更好地发展,让村民在小康的道路上走得稳健且自如。

天雷地火,一语中的,豁然开朗。脱贫只是一个起点,未来,还在继续。

感谢我的公司华能贵诚信托有限公司,在经济效益竞争愈加激烈的市场环境中,依然能够挺身担责任,潜心做事情,不遗余力响应国家号召,认真、负责、踏实地完成国家赋予的社会责任。做完和做好是两个概念,公司为了做好扶贫工作想尽办法,格调高低就在选择的一念间而彰显。公司对扶贫工作的笃定,不仅为我写作本书提供了机会与平台,更提供了勇气与信心。

在与朋友聊到这本书的时候,他问我书里对我影响最大的人是谁,我毫不犹豫地告诉他是公司的领导。在这本书里,我尽力将领导模糊处理、边缘化,不想让一本实在的脱贫书变得具有江湖气,但是不可否认,在书中出现不足两千字的田军董事长、孙磊总经理的话,却是贯穿公司脱贫工作的灵魂,两三句话点播方向,四五句话化解问题,高度、深度让人惊叹、钦佩,感叹岁月悠远,唯有学习进步。

感谢我的领导赵刚先生。最初写书的主意就是他提出的,一路拖延、难产地写下来,却并没有尽快完成工作任务式的鞭策与催促,相反却是鼓励与支持,当我遇到问题时说的最多的就是"没事,来我办公室一起想想办法"。跟一起毕业的同学交流才发现,对于一个刚刚参加工作的职场小白来说,遇到苛责、训斥与压榨都不稀奇,稀奇的是领导愿意躬下身子教导,更加难能可贵的是愿意与你一起并肩面对困难与问题。赵刚先生的信任、鼓励、帮助、教导,对于这本书的完成是不可或缺的。

写作期间正是疫情防控最紧张的时候,小区封闭管理,娱乐场所全停,

扶贫日记

每天上班完成本职工作,下班回家写作,一连几个月超负荷工作,压力巨大,头发都已经抛弃我了,但父母却每天视频相伴,陪我一同撑过那段难熬时日,这样的温情陪伴让我感激、感动、感恩。不仅如此,我们也会讨论交流,他们会给予我很多朴素的观点和视角,让我在写作中拥有了更多新奇的发现与思考,如果在阅读的过程中,偶有那么一个观点或者几句话让你有超乎我年龄的惊叹,那么它一定是来自我父母的启发,感谢我的父母。

感谢本书的编辑郑玥老师、王玮老师,她们为本书的修订、出版工作付出大量心血,感激不尽。还有那些在写作过程中给予我建议、指导、鼓励和帮助的前辈、老师、朋友们,在此一并感激,衷心感谢他们。

葛元利

2020 年 11 月于北京